U0783658

昆明的雨

汪曾祺 ◎ 著

长江出版传媒
长江文艺出版社

图书在版编目（CIP）数据

昆明的雨 / 汪曾祺著. -- 武汉：长江文艺出版社，
2024.6
　　（初中语文同步阅读）
　　ISBN 978-7-5702-3617-6

　　Ⅰ. ①昆… Ⅱ. ①汪… Ⅲ. ①散文集－中国－当代
Ⅳ. ①I267

中国国家版本馆 CIP 数据核字(2024)第 104878 号

昆明的雨
KUNMING DE YU

责任编辑：张远林　　　　　　　责任校对：毛季慧
封面设计：陈希璇　　　　　　　责任印制：邱　莉　杨　帆

出版：长江出版传媒　　长江文艺出版社
地址：武汉市雄楚大街 268 号　　　邮编：430070
发行：长江文艺出版社
http://www.cjlap.com
印刷：武汉市新华印刷有限责任公司

开本：640 毫米×970 毫米　　1/16　　印张：12.25
版次：2024 年 6 月第 1 版　　　2024 年 6 月第 1 次印刷
字数：149 千字

定价：28.00 元

名师引读《昆明的雨》

——自然美·人情美·人性美

余映潮

汪曾祺先生是江苏高邮人，中国现当代著名小说家、散文家、戏剧家。曾就读于西南联大中国文学系。人们常说他"师从沈从文"，他也曾这样说过："沈先生很欣赏我。我不但是他的入室弟子，可以说是得意高足。"（见《语文学习》1995 年第 11 期《自报家门》）

在当代文坛上，能够在小说和散文创作中自成一家的作家并不多，汪曾祺既能写别具风味的小说，又能写一手漂亮的散文。所以本书重点编选了散文供大家欣赏。

品读汪曾祺的散文，要知晓其表达风格。

汪先生曾经这样评说过自己的散文创作：

我的散文大都是记叙文。间发议论，也是夹叙夹议。我写不了像伏尔泰、叔本华那样闪烁着智慧的论著，也写不了蒙田那样渊博而优美的谈论人生哲理的长篇散文。我也很少写纯粹的抒情散文。（见《汪曾祺作品自选集自序》）

汪曾祺中国传统文化修养深厚，他的散文被人们称为真正的文人散文。他写凡人小事，叙民俗风情，绘花鸟虫鱼。本书所选作品之中，不乏精美短章，特别是与大自然、与景物、与地方风情、与童年少年生活有关的篇章，其清新语言、清朗结构、清俊画面，都值得青少年读者朋友们细细品味，如《夏天的昆虫》《夏天》等。

汪曾祺有美文家和美食家之誉，所以他笔下有不少谈"吃"的文章。这些文章也着眼于"小"，谈的基本上是家常小菜，但同样能够让我们感受到其中的文趣、雅趣或童趣。如《豆汁儿》《五味》等。《端午的鸭蛋》一文，典型地体现了汪曾祺散文"小叙事"的特点。文章信笔写来，文笔自然生动，语言平实有味。细读这样的文章，在欣赏作者生动语言的同时，还可以品味到平实生活中诗意的美，以及蕴含于其中的对儿时生活的怀想、对故乡的热爱等人生滋味。

也可以读读汪先生的小说。读汪曾祺的小说，也可以像品读其散文一样，感受其清新纯朴的叙述语言，生动简洁的画面描述，诗意清朗的文章结构，明白晓畅、平和恬淡的叙事风格，以及故事中表现出来的自然美、人情美、人性美等。

读汪曾祺的小说，要品味其故事叙述中的情感氛围。

他曾经这样评说过自己的小说创作：

我的一部分作品的感情是忧伤，比如《职业》《幽冥钟》；一部分作品则有一种内在的欢乐，比如《受戒》《大淖记事》；一部分作品则由于对命运的无可奈何转化出一种常有苦味的嘲谑，比如《云致秋行状》《异秉》。（见《汪曾祺作品自选集自序》）

这其实也是我们的阅读指南。

读汪曾祺的小说，要细细品味其表达的精彩、精美之处。如《受戒》中对赵家父母的描写，对"好大一座庙"的描写、文章结尾处的写意描写；又如《大淖记事》中厚实的背景铺垫、起伏的故事波澜中的情节陡转、伏笔的巧妙安排与照应的精致严密等，都是能够让我们在欣赏之中而有着美妙的陶醉之感的。

目 录

辑一　人间草木

花园　　　　　　　　　　　　　　　/ 2

昆明的雨　　　　　　　　　　　　　/ 11

夏天　　　　　　　　　　　　　　　/ 15

冬天　　　　　　　　　　　　　　　/ 18

人间草木　　　　　　　　　　　　　/ 21

葡萄月令　　　　　　　　　　　　　/ 26

北京人的遛鸟　　　　　　　　　　　/ 32

淡淡秋光　　　　　　　　　　　　　/ 35

翠湖心影　　　　　　　　　　　　　/ 40

岁朝清供　　　　　　　　　　　　　/ 46

草木春秋　　　　　　　　　　　　　/ 48

夏天的昆虫　　　　　　　　　　　　/ 56

草木虫鱼鸟兽　　　　　　　　　　　/ 59

辑二　人间滋味

故乡的元宵　　　　　　　　　　/ 65

故乡的野菜　　　　　　　　　　/ 68

昆明菜　　　　　　　　　　　　/ 73

五味　　　　　　　　　　　　　/ 82

鱼我所欲也　　　　　　　　　　/ 86

豆腐　　　　　　　　　　　　　/ 90

贴秋膘　　　　　　　　　　　　/ 97

韭菜花　　　　　　　　　　　　/ 100

豆汁儿　　　　　　　　　　　　/ 103

寻常茶话　　　　　　　　　　　/ 105

故乡的食物　　　　　　　　　　/ 111

果园的收获　　　　　　　　　　/ 125

辑三　永恒乡愁

我的家乡　　　　　　　　　　　／129

踢毽子　　　　　　　　　　　／136

昆明年俗　　　　　　　　　　　／139

胡同文化　　　　　　　　　　　／141

泡茶馆　　　　　　　　　　　／145

辑四　人间深情

我的父亲　　　　　　　　　　　　／ 154

我的家　　　　　　　　　　　　　／ 161

自得其乐　　　　　　　　　　　　／ 171

沈从文先生在西南联大　　　　　　／ 178

辑一

人间草木

花　园

茱萸小集二

在任何情形之下，那座小花园是我们家最亮的地方。虽然它的动人处不是，至少不仅在于这点。

每当家像一个概念一样浮现于我的记忆之上，它的颜色是深沉的。

祖父年轻时建造的几进，是灰青色与褐色的。我自小养育于这种安定与寂寞里。报春花开放在这种背景前是好的。它不至被晒得那么多粉。固然报春花在我们那儿很少见，也许没有，不像昆明。

曾祖留下的则几乎是黑色的，一种类似眼圈上的黑色（不要说它是青的）里面充满了影子。这些影子足以使供在神龛前的花消失。晚间点上灯，我们常觉那些布灰布漆的大柱子一直伸到无穷高处。神堂屋里总挂一只鸟笼，我相信即是现在也挂一只的。那只青裆子永远眯着眼假寐（我想它做个哲学家，似乎身子太小了）。只有巳时将尽，它唱一会，洗个澡，抖下一团小雾在伸展到廊内片刻的夕阳光影里。

一下雨，什么颜色都郁起来，屋顶，墙，壁上花纸的图案，

2

甚至鸽子：铁青子，瓦灰，点子，霞白。宝石眼的好处这时才显出来。于是我们，等斑鸠叫单声，在我们那个园里叫。等着一棵榆梅稍经一触，落下碎碎的瓣子，等着重新着色后的草。

我的脸上若有从童年带来的红色，它的来源是那座花园。

我的记忆有菖蒲的味道。然而我们的园里可没有菖蒲呵？它是哪儿来的，是哪些草？这是一个无法解决的问题。但是我此刻把它们没有理由地纠在一起。

"巴根草，绿茵茵，唱个唱，把狗听。"每个小孩子都这么唱过吧。有时什么也不做，我躺着，用手指绕住它的根，用一种不露锋芒的力量拉，听顽强的根胡一处一处断。这种声音只有拔草的人自己才能听得。当然我嘴里是含着一根草了。草根的甜味和它的似有若无的水红色是一种自然的巧合。

草被压倒了。有时我的头动一动，倒下的草又慢慢站起来。我静静地注视它，很久很久，看它的努力快要成功时，又把头枕上去，嘴里叫一声"嗯"！有时，不在意，怜惜它的苦心，就算了。这种性格呀！那些草有时会吓我一跳的，它在我的耳根伸起腰来了，当我看天上的云。

我的鞋底是滑的，草磨得它发了光。

莫碰臭芝麻，沾惹一身，嘻，难闻死人。沾上身子，不要用手指去拈。用刷子刷。这种籽儿有带钩儿的毛，讨嫌死了。至今我不能忘记它：因为我急于要捉住那个"嘟溜"（一种蝉，叫的最好听），我举着我的网，蹑手蹑脚，抄近路过去，循它的声音找着时，拍，得了。可是回去，我一身都是那种臭玩意。想想我捉过多少"嘟溜"！

我觉得虎耳草有一种腥味。

紫苏的叶子上的红色呵，暑假快过去了。

那棵大垂柳上常常有天牛，有时一个，两个的时候更多。它们总像有一桩事情要做，六只脚不停地运动，有时停下来，那动着的便是两根有节的触须了。我们以为天牛触须有一节它就有一岁。捉天牛用手，不是如何困难的工作，即使它在树枝上转来转去，你等一个合适地点动手。常把脖子弄累了，但是失望的时候很少。这小小生物完全如一个有教养惜身份的绅士，行动从容不迫，虽有翅膀可从不想到飞；即是飞，也不远。一捉住，它便吱吱扭扭地叫，表示不同意，然而行为依然是温文尔雅的。黑底白斑的天牛最多，也有极瑰丽颜色的。有一种还似乎带点玫瑰香味。天牛的玩法是用线扣在脖子上看它走。令人想起……不说也好。

蟋蟀已经变成大人玩意了。但是大人的兴趣在斗，而我们对于捉蟋蟀的兴趣恐怕要更大些。我看过一本秋虫谱，上面除了苏东坡米南宫，还有许多济颠和尚说的话，都神乎其神的不大好懂。捉到一个蟋蟀，我不能看出它颈子上的细毛是瓦青还是朱砂，它的牙是米牙还是菜牙，但我仍然是那么欢喜。听，嚯嚯嚯嚯，哪里？这儿是的，这儿了！用草掏，手扒，水灌，嚯，蹦出来了。顾不得螺螺藤拉了手，扑，追着扑。有时正在外面玩得很好，忽然想起我的蟋蟀还没喂哪，于是赶紧回家。我每吃一个梨，一段藕，吃石榴吃菱，都要分给它一点。正吃着晚饭，我的蟋蟀叫了。我会举着筷子听半天，听完了对父亲笑笑，得意极了。一捉蟋蟀，那就整个园子都得翻个身。我最怕翻出那种软软的鼻涕虫。可是堂弟有的是办法，撒一点盐，立刻它就化成一摊水了。

有的蝉不会叫，我们称之为哑巴。捉到哑巴比捉到"红娘"更坏。但哑巴也有一种玩法。用两个马齿苋的瓣子套起它的眼睛，那是刚刚合适的，仿佛马齿苋的瓣子天生就为了这种用处才长成那么个小口袋样子，一放手，哑巴就一直向上飞，决不偏斜转弯。

蜻蜓一个个选定地方息下，天就快晚了。有一种通身铁色的蜻蜓，翅膀较窄，称"鬼蜻蜓"。看它款款地飞在墙角花阴，不知什么道理，心里有一种说不出来的难过。

好些年看不到土蜂了。这种蠢头蠢脑的家伙，我觉得它也在花朵上把屁股撅来撅去的，有点不配，因此常常愚弄它。土蜂是在泥地上掘洞当作寨的。看它从洞里把个有绒毛的小脑袋钻出来（那神气像个东张西望的近视眼），嗡，飞出去了，我便用一点点湿泥把那个洞封好，在原来的旁边给它重掘一个，等着，一会儿，它拖着肚子回来了，找呀找，找到我掘的那个洞，钻进去，看看，不对，于是在四近大找一气。我会看着它那副急样笑个半天。或者，干脆看它进了洞，用一根树枝塞起来，看它从别处开了洞再出来。好容易，可重见天日了，它老先生于是坐在新大门旁边歇歇，吹吹风。神情中似乎是生了一点气，因为到这时已一声不响了。

祖母叫我们不要玩螳螂，说是它吃了土谷蛇的脑子，肚里会生出一种铁线蛇，缠到马脚脚就断，什么东西一穿就过去了，穿到皮肉里怎么办？

它的眼睛如金甲虫，飞在花丛里五月的夜。

故乡的鸟呵。

我每天醒在鸟声里。我从梦里就听到鸟叫，直到我醒来。我听得出几种极熟悉的叫声，那是每天都叫的，似乎每天都在那个固定的枝头。

有时一只鸟冒冒失失飞进那个花厅里，于是大家赶紧关门，关窗子，吆喝，拍手，用书扔，竹竿打，甚至把自己帽子向空中摔去。可怜的东西这一来完全没了主意，只是横冲直撞地乱飞，碰在玻璃上，弄得一身蜘蛛网，最后大概都是从两椽之间空隙脱走。

园子里时时晒米粉，晒灶饭，晒碗儿糕。怕鸟来吃，都放一片红纸。为了这个警告，鸟儿照例就不来，我有时把红纸拿掉让它们大吃一阵，到觉得它们太不知足时，便大喝一声赶去。

我为一只鸟哭过一次。那是一只麻雀或是癞花。也不知从什么人处得来的，欢喜的了不得，把父亲不用的细篾笼子挑出一个最好的来给它住，配一个最好的雀碗，在插架上放了一个荸荠，安了两根风藤跳棍，整整忙了一半天。第二天起得格外早，把它挂在紫藤架下。正是花开的时候，我想那是全园最好的地方了。一切弄得妥妥当当后，独自还欣赏了好半天，我上学去了。一放学，急急回来，带着书便去看我的鸟。笼子掉在地下，碎了，雀碗里还有半碗水，"我的鸟，我的鸟哪!"父亲正在给碧桃花接枝，听见我的声音，忙走过来，把笼子拿起来看看，说"你挂得太低了，鸟在大伯的玳瑁猫肚子里了"。哇的一声，我哭了。父亲推着我的头回去，一面说"不害羞，这么大人了"。

有一年，园里忽然来了许多夜哇子。这是一种鹭鸶属的鸟，灰白色，据说它们头上那根毛能破天风。所以有那么一种名，大概是因为它的叫声如此吧。故乡古话说这种鸟常带来幸运。我见它们吃吃喳喳做窠了，我去告诉祖母，祖母去看了看，没有说什么话。我想起它们来了，也有一天会像来了一样又去了的。我尽想，从来处来，从去处去，一路走，一路望着祖母的脸。

园里什么花开了，常常是我第一个发现。祖母的佛堂里那个铜瓶里的花常常是我换新。对于这个孝心的报酬是有需掐花供奉时总让我去，父亲一醒来，一股香气透进帐子，知道桂花开了，他常是坐起来，抽支烟，看着花，很深远地想着什么。冬天，下雪的冬天，一早上，家里谁也还没有起来，我常去园里摘一些冰心蜡梅的朵子，再掺着鲜红的天竺果，用花丝穿成几柄，清水养在白瓷碟子里放在妈（我的第一个继母）和二伯母妆台上，再去上学。我穿花时，服侍我的女用人小莲子，常拿着掸帚在旁边看，她头上也常戴着我的花。

我们那里有这么个风俗，谁拿着掐来的花在街上走，是可以抢的，表姐姐们每带了花回去，必是坐车。她们一来，都得上园里看看，有什么花开得正好，有时竟是特地为花来的。掐花的自然又是我。我乐于干这项差事。爬在海棠树上，梅树上，碧桃树上，丁香树上，听她们在下面说："这枝，唉，这枝这枝，再过来一点，弯过去的，喏，唉，对了对了!"冒一点险，用一点力，总给办到。有时我也贡献一点意见，以为某枝已经盛开，不两天就全落在台布上了，某枝花虽不多，样子却好。有时我陪花跟她们一道回去，路上看见有人看过这些花一眼，心里非常高兴。碰到熟人同学，路上也会分一点给她们。

想起绣球花，必连带想起一双白缎子绣花的小拖鞋，这是一个小姑姑房中的东西。那时候我们在一处玩，从来只叫名字，不叫姑姑。只有时写字条时如此称呼，而且写到这两个字时心里颇有种近于滑稽的感觉。我轻轻揭开门帘，她自己若是不在，我便看到这两样东西了。太阳照进来，令人明白感觉到花在吸着水，仿佛自己真分享到吸水的快乐。我可以坐在她常坐的椅子上，随便找一本书看看，找一张纸写点什么，或有心无意地画一个枕头花样，把一切再恢复原来样子不留什么痕迹，又自去了。但她大都能发觉谁来过了。到第二天碰到，必指着手说："还当我不知道呢。你在我绷子上戳了两针，我要拆下重来了!"那自然是吓人的话。那些绣球花，我差不多看见它们一点一点地开，在我看书作事时，它会无声地落两片在花梨木桌上。绣球花可由人工着色。在瓶里加一点颜色，它便会吸到花瓣里。除了大红的之外，别种颜色看上去都极自然。我们常以骗人说是新得的异种。这只是一种游戏，姑姑房里常供的仍是白的。为什么我把花跟拖鞋画在一起呢？真不可解。——姑姑已经嫁了，听说日子极不如意。绣球快开花了，昆明渐渐暖起来。

花园里旧有一间花房，由一个花匠管理。那个花匠仿佛姓夏。关于他的机灵促狭，和女人方面的恩怨，有些故事常为旧日佣仆谈起，但我只看到他常来要钱，样子十分狼狈，局局促促，躲避人的眼睛，尤其是说他的故事的人的。花匠离去后，花房也跟着改造园内房屋而拆掉了。那时我认识花名极少，只记得黄昏时，夹竹桃特别红，我忽然又害怕起来，急急走回去。

我爱逗弄含羞草。触遍所有叶子，看都合起来了，我自低头看我的书，偷眼瞧它一片片地开张了，再猝然又来一下。他们都说这是不好的，有什么不好呢。

荷花像是清明栽种。我们吃吃螺蛳，抹抹柳球，便可看佃户把马粪倒在几口大缸里盘上藕秧，再盖上河泥。我们在泥里找蚬子，小虾，觉得这些东西搬了这么一次家，是非常奇怪有趣的事。缸里泥晒干了，便加点水，一次又一次，有一天，紫红色的小嘴子冒出来了水面，夏天就来了。赞美第一朵花。荷叶上哗啦哗响了，母亲便把雨伞寻出来，小莲子会给我送去。

大雨忽然来了。一个青色的闪照在槐树上，我赶紧跑到柴草房里去。那是距我所在处最近的房屋。我爬上堆近屋顶的芦柴上，听水从高处流下来，响极了，訇——，空心的老桑树倒了，葡萄架塌了，我的四近越来越黑了，雨点在我头上乱跳。忽然一转身，墙角两个碧绿的东西在发光！哦，那是我常看见的老猫。

8

老猫又生了一群小猫了。原来它每次生养都在这里。我看它们攒着吃奶，听着雨，雨慢慢小了。

那棵龙爪槐是我一个人的。我熟悉它的一切好处，知道哪个枝子适合哪种姿势。云从树叶间过去。壁虎在葡萄上爬。杏子熟了。何首乌的藤爬上石笋了，石笋那么黑。蜘蛛网上一只苍蝇。蜘蛛呢？花天牛半天吃了一片叶子，这叶子有点甜么，那么嫩。金雀花那儿好热闹，多少蜜蜂！啵——，金鱼吐出一个泡，破了，下午我们去捞金鱼虫。香橼花蒂的黄色仿佛有点忧郁，别的花是飘下，香橼花是掉下的，花落在草叶上，草稍微低头又弹起。大伯母掐了枝珠兰戴上，回去了。大伯母的女儿，堂姐姐看金鱼，看见了自己。石榴花开，玉兰花开，祖母来了，"莫掐了，回去看看，瓶里是什么？""我下来了，下来扶您。"

槐树种在土山上，坐在树上可看见隔壁佛院。看不见房子，看到的是关着的那两扇门，关在门外的一片田园。门里是什么岁月呢？钟鼓整日敲，那么悠徐，那么单调，门开时，小尼姑来抱一捆草，打两桶水，随即又关上了。水咚咚地滴回井里。那边有人看我，我忙把书放在眼前。

家里宴客，晚上小方厅和花厅有人吃酒打牌（我记得有个人吹得极好的笛子）。灯光照到花上，树上，令人极欢喜也十分忧郁。点一个纱灯，从家里到园里，又从园里到家里，我一晚上总不知走了无数趟。有亲戚来去，多是我照路，说哪里高，哪里低，哪里上阶，哪里下坎。若是姑妈舅母，则多是扶着我肩膀走。人影人声都如在梦中。但这样的时候并不多。平日夜晚园子是锁上的。

小时候胆小害怕，黑魆魆的，树影风声，令人却步。而且相

9

信园里有个"白胡子老头子",一个土地花神,晚上会出来,在那个土山后面,花树下,冉冉地转圈子,见人也不避让。

有一年夏天,我已经像个大人了,天气郁闷,心上另外又有一点小事使我睡不着,半夜到园里去。一进门,我就停住了。我看见一个火星。咳嗽一声,招我前去,原来是我的父亲。他也正因为睡不着觉在园中徘徊。他让我抽一支烟(我刚会抽烟),我搬了一张藤椅坐下,我们一直没有说话。那一次,我感觉我跟父亲靠得近极了。

四月二日。月光清极。夜气大凉。似乎该再写一段作为收尾,但又似无须了。便这样吧,日后再说。逝者如斯。

载一九四五年六月第二卷第三期《文艺》

昆明的雨

　　宁坤要我给他画一张画，要有昆明的特点。我想了一些时候，画了一幅：右上角画了一片倒挂着的浓绿的仙人掌，末端开出一朵金黄色的花；左下画了几朵青头菌和牛肝菌。题了这样几行字：

　　　　昆明人家常于门头挂仙人掌一片以辟邪，仙人掌悬空倒挂尚能存活开花。于此可见仙人掌生命之顽强，亦可见昆明雨季空气之湿润。雨季则有青头菌、牛肝菌，味极鲜腴。

　　我想念昆明的雨。

　　我以前不知道有所谓雨季。"雨季"，是到昆明以后才有了具体感受的。

　　我不记得昆明的雨季有多长，从几月到几月，好像是相当长的。但是并不使人厌烦。因为是下下停停、停停下下，不是连绵不断，下起来没完。而且并不使人气闷。我觉得昆明雨季气压不低，人很舒服。

　　昆明的雨季是明亮的、丰满的，使人动情的。城春草木深，孟夏草木长。昆明的雨季，是浓绿的。草木的枝叶里的水分都到了饱和状态，显示出过分的、近于夸张的旺盛。

我的那张画是写实的。我确实亲眼看见过倒挂着还能开花的仙人掌。旧日昆明人家门头上用以辟邪的多是这样一些东西：一面小镜子，周围画着八卦，下面便是一片仙人掌，——在仙人掌上扎一个洞，用麻线穿了，挂在钉子上。昆明仙人掌多，且极肥大。有些人家在菜园的周围种了一圈仙人掌以代替篱笆。——种了仙人掌，猪羊便不敢进园吃菜了。仙人掌有刺，猪和羊怕扎。

昆明菌子极多。雨季逛菜市场，随时可以看到各种菌子。最多，也最便宜的是牛肝菌。牛肝菌下来的时候，家家饭馆卖炒牛肝菌，连西南联大食堂的桌子上都可以有一碗。牛肝菌色如牛肝，滑、嫩、鲜、香，很好吃。炒牛肝菌须多放蒜，否则容易使人晕倒。青头菌比牛肝菌略贵。这种菌子炒熟了也还是浅绿色的，格调比牛肝菌高。菌中之王是鸡㙡，味道鲜浓，无可方比。鸡㙡是名贵的山珍，但并不真的贵得惊人。一盘红烧鸡㙡的价钱和一碗黄焖鸡不相上下，因为这东西在云南并不难得。有一个笑话：有人从昆明坐火车到呈贡，在车上看到地上有一棵鸡㙡，他跳下去把鸡㙡捡了，紧赶两步，还能爬上火车。这笑话用意在说明昆明到呈贡的火车之慢，但也说明鸡㙡随处可见。有一种菌子，中吃不中看，叫做干巴菌。乍一看那样子，真叫人怀疑：这种东西也能吃?! 颜色深褐带绿，有点像一堆半干的牛粪或一个被踩破了的马蜂窝。里头还有许多草茎、松毛，乱七八糟! 可是下点功夫，把草茎松毛择净，撕成蟹腿肉粗细的丝，和青辣椒同炒，入口便会使你张目结舌：这东西这么好吃?! 还有一种菌子，中看不中吃，叫鸡油菌。都是一般大小，有一块银圆那样大，滴溜儿圆，颜色浅黄，恰似鸡油一样。这种菌子只有做菜时配色用，没甚味道。

雨季的果子，是杨梅。卖杨梅的都是苗族女孩子，戴一顶小花帽子，穿着扳尖的绣了满帮花的鞋，坐在人家阶石的一角，不时吆喝一声："卖杨梅——"声音娇娇的。她们的声音使得昆明雨季的空气更加柔和了。昆明的杨梅很大，有一个乒乓球那样大，颜色黑红黑红的，叫做"火炭梅"。这个名字起得真好，真是像一球烧得炽红的火炭！一点都不酸！我吃过苏州洞庭山的杨梅、井冈山的杨梅，好像都比不上昆明的火炭梅。

雨季的花是缅桂花。缅桂花即白兰花，北京叫做"把儿兰"（这个名字真不好听）。云南把这种花叫做缅桂花，可能最初这种花是从缅甸传入的，而花的香味又有点像桂花，其实这跟桂花实在没有什么关系。——不过话又说回来，别处叫它白兰、把儿兰，它和兰也挨不上呀，也不过是因为它很香，香得像兰花。我在家乡看到的白兰多是一人高，昆明的缅桂是大树！我在若园巷二号住过，院里有一棵大缅桂，密密的叶子，把四周房间都映绿了。缅桂盛开的时候，房东（是一个五十多岁的寡妇）和她的一个养女，搭了梯子上去摘，每天要摘下来好些，拿到花市上去卖。她大概是怕房客们乱摘她的花，时常给各家送去一些。有时送来一个七寸盘子，里面摆得满满的缅桂花！带着雨珠的缅桂花使我的心软软的，不是怀人，不是思乡。

雨，有时是会引起人一点淡淡的乡愁的。李商隐的《夜雨寄北》是为许多久客的游子而写的。我有一天在积雨稍住的早晨和德熙从联大新校舍到莲花池去。看了池里的满池清水，看了着比丘尼装的陈圆圆的石像（传说陈圆圆随吴三桂到云南后出家，暮年投莲花池而死），雨又下起来了。莲花池边有一条小街，有一个小酒店，我们走进去，要了一碟猪头肉，半市斤酒（装在上了绿釉的土瓷杯里），坐了下来。雨下大了。酒店有几只鸡，都把脑袋反插在翅膀下面，一只脚着地，一动也不动地在檐下站着。酒店院子里有一架大木香花。昆明木香花很多，有的小河沿岸都是木香，但是这样大的木香却不多见。一棵木香，爬在架上，把院子遮得严严的。密匝匝的细碎的绿叶，数不清的半开的白花和饱胀的花骨朵，都被雨水淋得湿透了。我们走不了，就这样一直坐到午后。四十年后，我还忘不了那天的情味，写了一首诗：

　　　莲花池外少行人，
　　　野店苔痕一寸深。
　　　浊酒一杯天过午，
　　　木香花湿雨沉沉。

　　我想念昆明的雨。

一九八四年五月十九日
载一九八四年第十期《北京文学》

夏　天

夏天的早晨真舒服。空气很凉爽，草上还挂着露水（蜘蛛网上也挂着露水），写大字一张，读古文一篇。夏天的早晨真舒服。

凡花大都是五瓣，栀子花却是六瓣。山歌云："栀子花开六瓣头。"栀子花粗粗大大，色白，近蒂处微绿，极香，香气简直有点叫人受不了，我的家乡人说是"碰鼻子香"。栀子花粗粗大大，又香得掸都掸不开，于是为文雅人不取，以为品格不高。栀子花说："去你的，我就是要这样香，香得痛痛快快，你们管得着吗！"

人们往往把栀子花和白兰花相比。苏州姑娘串街卖花，娇声叫卖："栀子花！白兰花！"白兰花花朵半开，娇娇嫩嫩，如象牙白色，香气文静，但有点甜俗，为上海长三堂子的"倌人"所喜，因为听说白兰花要到夜间枕上才格外的香。我觉得红"倌人"的枕上之花，不如船娘鬓边花更为刺激。

夏天的花里最为幽静的是珠兰。

牵牛花短命。早晨沾露才开，午时即已萎谢。

秋葵也命薄。瓣淡黄，白心，心外有紫晕。风吹薄瓣，楚楚可怜。

凤仙花有单瓣者，有重瓣者。重瓣者如小牡丹，凤仙花茎粗肥，湖南人用以腌"臭咸菜"，此吾乡所未有。

马齿苋、狗尾巴草、益母草，都长得非常旺盛。

淡竹叶开浅蓝色小花，如小蝴蝶，很好看。叶片微似竹叶而较柔软。

"万把钩"即苍耳。因为结的小果上有许多小钩，碰到它就会挂在衣服上，得小心摘去。所以孩子叫它"万把钩"。

我们那里有一种"巴根草"，贴地而去，是见缝扎根，一棵草蔓延开来，长了很多根，横的，竖的，一大片。而且非常顽强，拉扯不断。很小的孩子就会唱：

巴根草，

绿茵茵，

唱个唱，

把狗听。

最讨厌的是"臭芝麻"。掏蟋蟀、捉金铃子，常常沾了一裤腿。其臭无比，很难除净。

西瓜以绳络悬之井中，下午剖食，一刀下去，喀嚓有声，凉气四溢，连眼睛都是凉的。

天下皆重"黑籽红瓤"，吾乡独以"三白"为贵：白皮、白瓤、白籽。"三白"以东墩产者最佳。

香瓜有：牛角酥，状似牛角，瓜皮淡绿色，刨去皮，则瓜肉浓绿，籽亦红，味浓而肉脆，北京亦有，谓之"羊角蜜"；虾蟆酥，不甚甜而脆，嚼之有黄瓜香；梨瓜，大如拳，白皮、白瓤，生脆有梨香；有一种较大，皮色如虾蟆，不甚甜，而极"面"，孩子们称之为"奶奶哼",说奶奶一边吃,一边"哼"。

蝈蝈,我的家乡叫做"叫蛐子"。叫蛐子有两种。一种叫
"侉叫蛐子"。那真是"侉",跟一个叫驴子似的,叫起来"咕咕
咕咕"很吵人。喂它一点辣椒,更吵得厉害。一种叫"秋叫蛐
子",全身碧绿如玻璃翠,小巧玲珑,鸣声亦柔细。

别出声,金铃子在小玻璃盒子里爬哪!它停下来,吃两口
食——鸭梨切成小骰子块。于是它叫了"叮铃铃铃"……

乘凉。

搬一张大竹床放在天井里,横七竖八一躺,浑身爽利,暑气
全消。看月华。月华五色晶莹,变幻不定,非常好看。月亮周围
有一个模模糊糊的大圆圈,谓之"风圈",近几天会刮风。"乌猪
子过江了"——黑云漫过天河,要下大雨。

一直到露水下来,竹床子的栏杆都湿了,才回去,这时已经
很困了,才沾藤枕(我们那里夏天都枕藤枕或漆枕),已入梦乡。

鸡头米老了,新核桃下来了,夏天就快过去了。

载一九九四年第六期《大家》

冬　天

　　天冷了，堂屋里上了槅子。槅子，是春暖时卸下来的，一直在厢屋里放着。现在，搬出来，刷洗干净了，换了新的粉连纸，雪白的纸。上了槅子，显得严紧，安适，好像生活中多了一层保护。家人闲坐，灯火可亲。

　　床上拆了帐子，铺了稻草。洗帐子要捡一个晴朗的好天，当天就晒干。夏布的帐子，晾在院子里，夏天离得远了。稻草装在一个布套里，粗布的，和床一般大。铺了稻草，暄腾腾的，暖和，而且有稻草的香味，使人有幸福感。

　　不过也还是冷的。南方的冬天比北方难受，屋里不升火。晚上脱了棉衣，钻进冰凉的被窝里，早起，穿上冰凉的棉袄棉裤，真冷。

　　放了寒假，就可以睡懒觉。棉衣在铜炉子上烘过了，起来就不是很困难了。尤其是，棉鞋烘得热热的，穿进去真是舒服。

　　我们那里生烧煤的铁火炉的人家很少。一般取暖，只是铜炉子，脚炉和手炉。脚炉是黄铜的，有多眼的盖。里面烧的是粗糠。粗糠装满，铲上几铲没有烧透的芦柴火（我们那里烧芦苇，叫做"芦柴"）的红灰盖在上面。粗糠引着了，冒一阵烟，不一会，烟尽了，就可以盖上炉盖。粗糠慢慢延烧，可以经很久。老太太们离不开它。闲来无事，抹抹纸牌，每个老太太脚下都有一

18

个脚炉。脚炉里粗糠太实了，空气不够，火力渐微，就要用"拨火板"沿炉边挖两下，把粗糠拨松，火就旺了。脚炉暖人。脚不冷则周身不冷。焦糠的气味也很好闻。仿日本俳句，可以作一首诗："冬天，脚炉焦糠的香。"手炉较脚炉小，大都是白铜的，讲究的是银制的。炉盖不是一个一个圆窟窿，大都是镂空的松竹梅花图案。手炉有极小的，中置炭墼（煤炭研为细末，略加蜜，筑成饼状），以纸媒头引着。一个炭墼能经一天。

冬天吃的菜，有乌青菜、冻豆腐、咸菜汤。乌青菜塌棵，平贴地面，江南谓之"塌苦菜"，此菜味微苦。我的祖母在后园辟小片地，种乌青菜，经霜，菜叶边缘作紫红色，味道苦中泛甜。乌青菜与"蟹油"同煮，滋味难比。"蟹油"是以大螃蟹煮熟剔肉，加猪油"炼"成的，放在大海碗里，凝成蟹冻，久贮不坏，可吃一冬。豆腐冻后，不知道为什么是蜂窝状。划开，切小块，与鲜肉、咸肉、牛肉、海米或咸菜同煮，无不佳。冻豆腐宜放辣椒、青蒜。我们那里过去没有北方的大白菜，只有"青菜"。大白菜是从山东运来的，美其名曰"黄芽菜"，很贵。"青菜"似油菜而大，高二尺，是一年四季都有的，家家都吃的菜，咸菜即是用青菜腌的。阴天下雪，喝咸菜汤。

冬天的游戏：踢毽子，抓子儿，下"逍遥"。"逍遥"是在一张正方的白纸上，木版印出螺旋的双道，两道之间印出八仙、马、兔子、鲤鱼、虾……每样都是两个，错落排列，不依次序。玩的时候各执铜钱或象棋子为子儿，掷骰子，如果骰子是五点，自"起马"处数起，向前走五步，是兔子，则可向内圈寻找另一个兔子，以子儿押在上面。下一轮开始，自里圈兔子处数起，如是六点，进六步，也许是铁拐李，就寻另一个铁拐李，把子儿押在那个铁拐李上。如果数至里圈的什么图上，则到外圈去找，退回来。点数够了，子儿能进终点（终点是一座宫殿式的房子，不知是月宫还是龙门），就算赢了。次后进入的为"二家""三家"。"逍遥"两个人玩也可以，三个四个人玩也可以。不知道为什么叫做"逍遥"。

早起一睁眼，窗户纸上亮晃晃的，下雪了！雪天，到后园去折腊梅花、天竺果。明黄色的腊梅、鲜红的天竺果，白雪，生意盎然。腊梅开得很长，天竺果尤为耐久，插在胆瓶里，可经半个月。

舂粉子。有一家邻居，有一架碓。这架碓平常不大有人用，只在冬天由附近的一二十家轮流借用。碓屋很小，除了一架碓，只有一些筛子、箩。踩碓很好玩，用脚一踏，吱扭一声，碓嘴扬了起来，嘭的一声，落在碓窝里。粉子舂好了，可以蒸糕，做"年烧饼"（糯米粉为蒂，包豆沙白糖，作为饼，在锅里烙熟），搓圆子（即汤团）。舂粉子，就快过年了。

一九八八年十二月二十二日

载一九九八年第一期《中国作家》

人间草木

山丹丹

我在大青山挖到一棵山丹丹。这棵山丹丹的花真多。招待我们的老堡垒户看了看，说："这棵山丹丹有十三年了。"

"十三年了？咋知道？"

"山丹丹长一年，多开一朵花。你看，十三朵。"

山丹丹记得自己的岁数。

我本想把这棵山丹丹带回呼和浩特，想了想，找了把铁锹，把老堡垒户的开满了蓝色党参花的土台上刨了个坑，把这棵山丹丹种上了。问老堡垒户：

"能活？"

"能活。这东西，皮实。"

大青山到处是山丹丹，开七朵花、八朵花的，多的是。

> 山丹丹开花花又落，
> 一年又一年……

这支流行歌曲的作者未必知道，山丹丹过一年多开一朵花。

唱歌的歌星就更不会知道了。

枸　杞

枸杞到处都有。枸杞头是春天的野菜。采摘枸杞的嫩头，略焯过，切碎，与香干丁同拌，浇酱油醋香油；或入油锅爆炒，皆极清香。夏末秋初，开淡紫色小花，谁也不注意。随即结出小小的红色的卵形浆果，即枸杞子。我的家乡叫做狗奶子。

我在玉渊潭散步，在一个山包下的草丛里看见一对老夫妻弯着腰在找什么。他们一边走，一边搜索。走几步，停一停，弯腰。

"您二位找什么？"

"枸杞子。"

"有吗？"

老同志把手里一个罐头玻璃瓶举起来给我看，已经有半瓶了。

"不少！"

"不少！"

他解嘲似的哈哈笑了几声。

"您慢慢捡着！"

"慢慢捡着！"

看样子这对老夫妻是离休干部，穿得很整齐干净，气色很好。

他们捡枸杞子干什么？是配药？泡酒？看来都不完全是。真要是需要，可以托熟人从宁夏捎一点或寄一点来。——听口音，老同志是西北人，那边肯定会有熟人。

他们捡枸杞子其实只是玩！一边走着，一边捡枸杞子，这比单纯的散步要有意思。这是两个童心未泯的老人，两个老孩子！

人老了，是得学会这样的生活。看来，这二位中年时也是很会生活，会从生活中寻找乐趣的。他们为人一定很好，很厚道。他们还一定不贪权势，甘于淡泊。夫妻间一定不会为柴米油盐、儿女婚嫁而吵嘴。

从钓鱼台到甘家口商场的路上，路西，有一家的门头上种了很大的一丛枸杞，秋天结了很多枸杞子，通红通红的，礼花似的，喷泉似的垂挂下来，一个珊瑚珠穿成的华盖，好看极了。这丛枸杞可以拿到花会上去展览。这家怎么会想起在门头上种一丛枸杞？

槐　花

玉渊潭洋槐花盛开，像下了一场大雪，白得耀眼。来了放蜂的人。蜂箱都放好了，他的"家"也安顿了。一个刷了涂料的很厚的黑色的帆布篷子。里面打了两道土堰，上面架起几块木板，是床。床上一卷铺盖。地上排着油瓶、酱油瓶、醋瓶。一个白铁桶里已经有多半桶蜜。外面一个蜂窝煤炉子上坐着锅。一个女人在案板上切青蒜。锅开了，她往锅里下了一把干切面。不大会儿，面熟了，她把面捞在碗里，加了作料、撒上青蒜，在一个碗里舀了半勺豆瓣。一人一碗。她吃的是加了豆瓣的。

蜜蜂忙着采蜜，进进出出，飞满一天。

我跟养蜂人买过两次蜜，绕玉渊潭散步回来，经过他的棚子，大都要在他门前的树墩上坐一坐，抽一支烟，看他收蜜，刮蜡，跟他聊两句，彼此都熟了。

这是一个五十岁上下的中年人，高高瘦瘦的，身体像是不太好，他做事总是那么从容不迫，慢条斯理的。样子不像个农民，倒有点像一个农村小学校长。听口音，是石家庄一带的。他到过很多省。哪里有鲜花，就到哪里去。菜花开的地方，玫瑰花开的地方，苹果花开的地方，枣花开的地方。每年都到南方去过冬，广西，贵州。到了春暖，再往北返。我问他是不是枣花蜜最好，他说是荆条花的蜜最好。这很出乎我的意料。荆条是个不起眼的东西，而且我从来没有见过荆条开花，想不到荆条花蜜却是最好的蜜。我想他每年收入应当不错。他说比一般农民要好一些，但是也落不下多少：蜂具，路费；而且每年要赔几十斤白糖——蜜蜂冬天不采蜜，得喂它糖。

　　女人显然是他的老婆。不过他们岁数相差太大了。他五十了，女人也就是三十出头。而且，她是四川人，说四川话。我问他：你们是怎么认识的？他说：她是新繁县人。那年他到新繁放蜂，认识了。她说北方的大米好吃，就跟来了。

　　有那么简单？也许她看中了他的脾气好，喜欢这样安静平和的性格？也许她觉得这种放蜂生活，东南西北到处跑，好耍？这是一种农村式的浪漫主义。四川女孩子做事往往很洒脱，想咋个就咋个，不像北方女孩子有那么多考虑。他们结婚已经几年了。丈夫对她好，她对丈夫也很体贴。她觉得她的选择没有错，很满意，不后悔。我问养蜂人：她回去过没有？他说：回去过一次，一个人。他让她带了两千块钱，她买了好些礼物送人，风风光光地回了一趟新繁。

　　一天，我没有看见女人，问养蜂人，她到哪里去了。养蜂人说：到我那大儿子家去了，去接我那大儿子的孩子。他有个大儿子，在北京工作，在汽车修配厂当工人。

　　她抱回来一个四岁多的男孩，带着他在棚子里住了几天。她带他到甘家口商场买衣服，买鞋，买饼干，买冰糖葫芦。男孩子在床上玩鸡啄米，她靠着被窝用钩针给他钩一顶大红的毛线帽子。她很爱这个孩子。这种爱是完全非功利的，既不是讨丈夫的

24

欢心，也不是为了和丈夫的儿子一家搞好关系。这是一颗很善良，很美的心。孩子叫她奶奶，奶奶笑了。

过了几天，她把孩子又送了回去。

过了两天，我去玉渊潭散步，养蜂人的棚子拆了，蜂箱集中在一起。等我散步回来，养蜂人的大儿子开来一辆卡车，把棚柱、木板、煤炉、锅碗和蜂箱装好，养蜂人两口子坐上车，卡车开走了。

玉渊潭的槐花落了。

葡萄月令

一月，下大雪。

雪静静地下着。果园一片白。听不到一点声音。

葡萄睡在铺着白雪的窖里。

二月里刮春风。

立春后，要刮四十八天"摆条风"。风摆动树的枝条，树醒了，忙忙地把汁液送到全身。树枝软了。树绿了。

雪化了，土地是黑的。

黑色的土地里，长出了茵陈蒿。碧绿。

葡萄出窖。

把葡萄窖一锹一锹挖开。挖下的土，堆在四面。葡萄藤露出来了，乌黑的。有的梢头已经绽开了芽苞，吐出指甲大的苍白的小叶。它已经等不及了。

把葡萄藤拉出来，放在松松的湿土上。

不大一会，小叶就变了颜色，叶边发红；——又不大一会，绿了。

三月，葡萄上架。

先得备料。把立柱、横梁、小棍，槐木的、柳木的、杨木

26

的、桦木的，按照树棵大小，分别堆放在旁边。立柱有汤碗口粗的、饭碗口粗的、茶杯口粗的。一棵大葡萄得用八根，十根，乃至十二根立柱。中等的，六根、四根。

先刨坑，竖柱。然后搭横梁。用粗铁丝摽紧。然后搭小棍，用细铁丝缚住。

然后，请葡萄上架。把在土里趴了一冬的老藤扛起来，得费一点劲。大的，得四五个人一起来。"起！——起！"哎，它起来了，把它放在葡萄架上，把枝条向三面伸开，像五个指头一样的伸开，扇面似的伸开。然后，用麻筋在小棍上固定住。葡萄藤舒舒展展，凉凉快快地在上面待着。

上了架，就施肥。在葡萄根的后面，距主干一尺，挖一道半月形的沟，把大粪倒在里面。葡萄上大粪，不用稀释，就这样把原汁大粪倒下去。大棵的，得三四桶。小葡萄，一桶也就够了。

四月，浇水。

挖窖挖出的土，堆在四面，筑成垄，就成一个池子。池里放满了水。葡萄园里水气泱泱，沁人心肺。

葡萄喝起水来是惊人的。它真是在喝哎！葡萄藤的组织跟别的果树不一样，它里面是一根一根细小的导管。这一点，中国的古人早就发现了。《图经》云："根苗中空相通。圃人将货之，欲得厚利，暮溉其根，而晨朝水浸子中矣，故俗呼其苗为木通。""暮溉其根，而晨朝水浸子中矣"，是不对的，葡萄成熟了，就不能再浇水了。再浇，果粒就会涨破。"中空相通"却是很准确的。浇了水，不大一会，它就从根直吸到梢，简直是小孩喝奶似的拼命往上喝。浇过了水，你再回来看看吧：梢头切断过的破口，就嗒嗒地往下滴水了。

是一种什么力量使葡萄拼命地往上吸水呢？

施了肥，浇了水，葡萄就使劲抽条、长叶子。真快！原来是几根根枯藤，几天工夫，就变成青枝绿叶的一大片。

五月，浇水，喷药，打梢，掐须。

葡萄一年不知道要喝多少水，别的果树都不这样。别的果树都是刨一个"树碗"，往里浇几担水就得了，没有像它这样的："漫灌"，整池子地喝。

喷波尔多液。从抽条长叶，一直到坐果成熟，不知道要喷多少次。喷了波尔多液，太阳一晒，葡萄叶子就都变成蓝的了。

葡萄抽条，丝毫不知节制，它简直是瞎长！几天工夫，就抽出好长的一截的新条。这样长法还行呀，还结不结果呀？因此，过几天就得给它打一次条。葡萄打条，也用不着什么技巧，是个人就能干，拿起树剪，劈劈啪啪，把新抽出来的一截都给它铰了就得了。一铰，一地的长着新叶的条。

葡萄的卷须，在它还是野生的时候是有用的，好攀附在别的什么树木上。现在，已经有人给它好好地固定在架上了，就一点用也没有了。卷须这东西最耗养分，——凡是作物，都是优先把养分输送到顶端，因此，长出来就给它掐了，长出来就给它掐了。

葡萄的卷须有一点淡淡的甜味。这东西如果腌成咸菜，大概不难吃。

五月中下旬，果树开花了。果园，美极了。梨树开花了，苹果树开花了，葡萄也开花了。

都说梨花像雪，其实苹果花才像雪。雪是厚重的，不是透明的。梨花像什么呢？——梨花的瓣子是月亮做的。

有人说葡萄不开花，哪能呢，只是葡萄花很小，颜色淡黄微绿，不钻进葡萄架是看不出的，而且它开花期很短。很快，就结出了绿豆大的葡萄粒。

六月，浇水、喷药、打条、掐须。

葡萄粒长了一点了，一颗一颗，像绿玻璃料做的纽子。硬的。

葡萄不招虫。葡萄会生病，所以要经常喷波尔多液。但是它不像桃，桃有桃食心虫；梨，梨有梨食心虫。葡萄不用疏虫果。——果园每年疏虫果是要费很多工的。虫果没有用，黑黑的一个半干的球，可是它耗养分呀！所以，要把它"疏"掉。

七月，葡萄"膨大"了。

掐须、打条、喷药，大大地浇一次水。

追一次肥。追硫氨。在原来施粪肥的沟里撒上硫氨。然后，就把沟填平了，把硫氨封在里面。

汉朝是不会有追这次肥的，汉朝没有硫氨。

八月，葡萄"着色"。

别以为我这里是把画家的术语借用来了。不是的。这是果农的语言，他们就叫"着色"。

下过大雨，你来看看葡萄园吧，那叫好看！白的像白玛瑙，红的像红宝石，紫的像紫水晶，黑的像黑玉。一串一串，饱满、磁棒、挺括，璀璨琳琅。你就把《说文解字》里的玉字偏旁的字都搬了来吧，那也不够用呀！

可是你得快来！明天，对不起，你全看不到了。我们要喷波尔多液了。一喷波尔多液，它们的晶莹鲜艳全都没有了，它们蒙上一层蓝兮兮、白糊糊的东西，成了磨砂玻璃。我们不得不这样干。葡萄是吃的，不是看的。我们得保护它。

过不两天，就下葡萄了。

一串一串剪下来，把病果、瘪果去掉，妥妥地放在果筐里。果筐满了，盖上盖，要一个棒小伙子跳上去蹦两下，用麻筋缝的筐盖。——新下的果子，不怕压，它很结实，压不坏。倒怕是装不紧，咣里咣当的。那，来回一晃悠，全得烂！

葡萄装上车，走了。

去吧，葡萄，让人们吃去吧！

九月的果园像一个生过孩子的少妇，宁静、幸福，而慵懒。

我们还给葡萄喷一次波尔多液。哦，下了果子，就不管了？人，总不能这样无情无义吧。

十月，我们有别的农活。我们要去割稻子。葡萄，你愿意怎么长，就怎么长着吧。

十一月。葡萄下架。

把葡萄架拆下来。检查一下，还能再用的，搁在一边。糟朽了的，只好烧火。立柱、横梁、小棍，分别堆垛起来。

剪葡萄条。干脆得很，除了老条，一概剪光。葡萄又成了一个秃子。

剪下的葡萄条，挑有三个芽眼的，剪成二尺多长的一截，捆起来，放在屋里，准备明春插条。

其余的，连枝带叶，都用竹箅帚扫成一堆，装走了。

葡萄园光秃秃。

十一月下旬，十二月上旬，葡萄入窖。

这是个重活。把老本放倒，挖土把它埋起来。要埋得很厚实。外面要用铁锹拍平。这个活不能马虎。都要经过验收，才给记工。

葡萄窖，一个一个长方形的土墩墩。一行一行，整整齐齐地排列着。风一吹，土色发了白。

这真是一年的冬景了。热热闹闹的果园，现在什么颜色都没有了。眼界空阔，一览无余，只剩下发白的黄土。

下雪了。我们踏着碎玻璃碴似的雪，检查葡萄窖，扛着铁锹。

一到冬天，要检查几次。不是怕别的，怕老鼠打了洞。葡萄窖里很暖和，老鼠爱往这里面钻。它倒是暖和了，咱们的葡萄可就受了冷啦！

北京人的遛鸟

遛鸟的人是北京人里头起得最早的一拨。每天一清早，当公共汽车和电车首班车出动时，北京的许多园林以及郊外的一些地方空旷、林木繁茂的去处，就已经有很多人在遛鸟了。他们手里提着鸟笼，笼外罩着布罩，慢慢地散步，随时轻轻地把鸟笼前后摇晃着，这就是"遛鸟"。他们有的是步行来的，更多的是骑自行车来的。他们带来的鸟有的是两笼——多的可至八笼。如果带七八笼，就非骑车来不可了。车把上、后座、前后左右都是鸟笼，都安排得十分妥当。看到它们平稳地驶过通向密林的小路，是很有趣的，——骑在车上的主人自然是十分潇洒自得，神清气朗。

养鸟本是清朝八旗子弟和太监们的爱好，"提笼架鸟"在过去是对游手好闲，不事生产的人的一种贬词。后来，这种爱好才传到一些辛苦忙碌的人中间，使他们能得到一些休息和安慰。我们常常可以在一个修鞋的、卖老豆腐的、钉马掌的摊前的小树上看到一笼鸟。这是他的伙伴。不过养鸟的还是以上岁数的较多，大都是从五十岁到八十岁的人，大部分是退休的职工，在职的稍少。近年在青年工人中也渐有养鸟的了。

北京人养的鸟的种类很多。大别起来，可以分为大鸟和小鸟两类。大鸟主要是画眉和百灵，小鸟主要是红子、黄鸟。

鸟为什么要"遛"？不遛不叫。鸟必须习惯于笼养，习惯于喧闹扰攘的环境。等到它习惯于与人相处时，它就会尽情鸣叫。这样的一段驯化，术语叫做"压"。一只生鸟，至少得"压"一年。

让鸟学叫，最直接的办法是听别的鸟叫，因此养鸟的人经常聚会在一起，把他们的鸟揭开罩，挂在相距不远的树上，此起彼歇地赛着叫，这叫做"会鸟儿"。养鸟人不但彼此很熟悉，而且对他们朋友的鸟的叫声也很熟悉。鸟应该向哪只鸟学叫，这得由鸟主人来决定。一只画眉或百灵，能叫出几种"玩艺"，除了自己的叫声，能学山喜鹊、大喜鹊、伏天、苇乍子、麻雀打架、公鸡打架、猫叫、狗叫。

曾见一个养画眉的用一架录音机追逐一只布谷鸟，企图把它的叫声录下，好让他的画眉学。他追逐了五个早晨（北京布谷鸟是很少的），到底成功了。

鸟叫的音色是各色各样的。有的宽亮，有的窄高，有的鸟聪明，一学就会；有的笨，一辈子只能老实巴交地叫那么几声。有的鸟害羞，不肯轻易叫；有的鸟好胜，能不歇气地叫一个多小时！

养鸟主要是听叫，但也重相貌。大鸟主要要大，但也要大得匀称。画眉讲究"眉子"（眼外的白圈）清楚。百灵要大头，短嘴。养鸟人对于鸟自有一套非常精细的美学标准，而这种标准是他们共同承认的。

因此，鸟的身份悬殊极大。一只生鸟（画眉或百灵）值二三元人民币，甚至还要少，而一只长相俊秀能唱十几种"曲调"的值一百五十元，相当一个熟练工人一个月的工资。

养鸟是很辛苦的。除了遛，预备鸟食也很费事。鸟一般要吃拌了鸡蛋黄的棒子面或小米面，牛肉——把牛肉焙干，碾成细末。经常还要吃"活食"，——蚱蜢、蟋蟀、玉米虫。

养鸟人所重视的，除了鸟本身，便是鸟笼。鸟笼分圆笼、方笼两种。一般的鸟笼值一二十元，有的雕镂精细，近于"鬼工"，贵得令人咋舌。——有人不养鸟，专以搜集名贵鸟笼为乐。鸟笼里大有高低贵贱之分的是鸟食罐。一副雍正青花的鸟食罐，已成稀世的珍宝。

除了笼养听叫的鸟，北京人还有一种养在"架"上的鸟。所谓架，是一截树杈。养这类鸟的乐趣是训练它"打弹"，养鸟人把一个弹丸扔在空中，鸟会飞上去接住。有的一次飞起能接连接住两个。架养的鸟一般体大嘴硬，例如锡嘴和交嘴鹊。所以，北京过去有"提笼架鸟"之说。

淡淡秋光

秋葵·凤仙花·秋海棠

秋葵叶似鸡脚，又名鸡脚葵、鸡爪葵。花淡黄色，淡若无质。花瓣内侧近蒂处有檀色晕斑。花心浅白，柱头深紫。秋葵不是名花，然而风致楚楚。古人诗说秋葵似女道士，我觉得很像，虽然我从未见过一个女道士。

凤仙花有单瓣、复瓣。单瓣者多为水红色。复瓣者为深红、浅红、白色。复瓣者花似小牡丹，只是看不见花蕊。花谢，结小房如玉搔头。凤仙花极易活，子熟，花房裂破，子实落在泥土、砖缝里，第二年就会长出一棵一棵的凤仙花，不烦栽种。凤仙花可染指甲。凤仙花捣烂，少加矾，用花叶包于指尖，历一夜，第二天指甲就成了浅浅的红颜色。北京人即谓凤仙为"指甲花"。现在大概没有用凤仙花染指甲的了，除非偏远山区的女孩子。

我们那里的秋海棠只有一种，矮矮的草本，开浅红色四瓣的花，中缀黄色的花蕊如小绒球。像北京的银星海棠那样硬秆、大叶、繁花的品种是没有的。

我母亲生肺病后（那年我才三岁）移居在一小屋中，与家人隔离。她死后，这间小屋就成了堆放她生前所用家具什物的贮藏室。有时需要取用一件什么东西，我的继母就打开这间小屋，我也跟着进去看过。这间小屋外面有一小天井，靠墙有一个秋叶形的小花坛。花坛里开着一丛秋海棠。也没有人管它，它自开自落。我母亲没有给我留下什么记忆。我记得的只有两件事。一件是我父亲陪母亲乘船到淮安去就医，把我带在身边。船篷里挂了好些船家自腌的大头菜（盐腌的，白色，有点像南浔大头菜，不像云南的"黑芥"），我一直记着这大头菜的气味。另一件便是这丛秋海棠。我记住这丛秋海棠的时候，我母亲去世已经有两三年了。我并没有感伤情绪，不过看见这丛秋海棠，总会想到母亲去世前是住在这里的。

香橼·木瓜·佛手

我家的"花园"里实在没有多少花。花园里有一座"土山"。这"土山"不知是怎么形成的，是一座长长的隆起的土丘。"山"上只有一棵龙爪槐，旁枝横出，可以倚卧。我常常带了一块带筋的酱牛肉或一块榨菜，半躺在横枝上看小说，读唐诗。"山"的东麓有两棵碧桃，一红一白，春末开花极繁盛。"山"的正面却种了四棵香橼。我不知道我的祖父在开园堆山时为什么要栽了这样几棵树。这玩意就是"橘逾淮南则为枳"的枳（其实这是不对的，橘与枳自是两种）。这是很结实的树。木质坚硬，树皮紧细光滑。叶片经冬不凋，深绿色。树枝有硬刺。春天开白色的花。花后结圆球形的果，秋后成熟。香橼不能吃，瓤极酸涩，很香，不过香得不好闻。凡花果之属有香气者，总要带点甜味才好，香橼的香气里却带有苦味。香橼很肯结，树上累累的都是深绿色的果子。香橼算是我家的"特产"，可以摘了送人。但似乎不受欢迎。没有什么用处，只好听它自己碧绿地垂在枝头。到了冬天，皮色变黄了，放在盘子里，摆在水仙花旁边，也还有点意思，其时已近春节了。总之，香橼不是什么佳果。

香橼皮晒干，切片，就是中药里的枳壳。

花园里有一棵木瓜，不过不大结。我们所玩的木瓜都是从水果摊上买来的。所谓"玩"，就是放在衣口袋里，不时取出来，凑在鼻子跟前闻闻。——那得是较小的，没有人在口袋里揣一个茶叶罐大小的木瓜的。木瓜香味很好闻。屋子里放几个木瓜，一屋子随时都是香的，使人心情恬静。

我们那里木瓜是不吃的。这东西那么硬，怎么吃呢？华南切为小薄片，制为蜜饯。——厦门人是什么都可以做蜜饯的，加了很多味道奇怪的药料。昆明水果店将木瓜切为大片，泡在大玻璃缸里。有人要买，随时用筷子夹出两片。很嫩，很脆，很香。泡木瓜的水里不知加了什么，否则这木头一样的瓜怎么会变得如此脆嫩呢？中国人从前是吃木瓜的。《东京梦华录》载"木瓜水"，这大概是一种饮料。

佛手的香味也很好。不过我真不知道一个水果为什么要长得这么奇形怪状！佛手颜色嫩黄可爱。《红楼梦》贾母提到一个蜜蜡佛手，蜜蜡雕为佛手，颜色、质感都近似，设计这件摆设的工匠是个聪明人。蜜蜡不是很珍贵的玉料，但是能够雕成一个佛手那样大的蜜蜡却少见，贾府真是富贵人家。

佛手、木瓜皆可泡酒。佛手酒微有黄色，木瓜酒却是红色的。

橡　栗

橡栗即"狙公赋茅"的茅，不知道为什么我们小时候却叫它"毛栗子"。这是"形近而讹"么？不过我小时候根本不认得这个

"茅"字。橡即栎。我们也不认得"栎"字，只是叫它"毛栗子树"。我们那里毛栗子树极少，只有西门外小校场的西边有一棵，很大。到了秋天，毛栗子熟了，落在地下，我们就去捡毛栗子玩。毛栗有什么好玩的？形状挺有趣，有一点像一个小坛子，不过底是尖的。皮色浅黄，很光滑。如此而已。我们有时在它的像个小子似的蒂部扎一个小窟窿，插进半截火柴棍，成了一个"捻捻转"。用手一捻，它就在桌面上旋转，像一个小陀螺。如此而已。

　　小校场是很偏僻的地方，附近没有什么人家。有一回，我和几个女同学去捡毛栗子，天黑下来了，我们忽然有些害怕，就赶紧往城里走。路过一家孤零零的人家门外，门前站着一个岁数不大的人，说："你们要毛栗子么？我家里有！"我们立刻感到：这是个坏人。我们没有搭理他，只是加快了脚步，拼命地走。我是同学里的唯一的男子汉，便像一个勇士似的走在最后。到了城门口，发现这个坏人没有跟上来，才松了一口气。当时的紧张心情，我过了很多年还记得。

梧　桐

　　一叶落而知天下秋，梧桐是秋的信使。梧桐叶大，易受风。叶柄甚长，叶柄与树枝连接不很结实，好像是粘上去的。风一吹，树叶极易脱落。立秋那天，梧桐树本来好好的，碧绿碧绿，忽然一阵小风，欻的一声，飘下一片叶子，无事的诗人吃了一惊：啊！秋天了！其实只是桐叶易落，并不是对于时序有特别敏感的"物性"。梧桐落叶早，但不是很快就落尽。《唐明皇秋夜梧桐雨》证明秋后梧桐还是有叶子的，否则雨落在光秃秃的枝干上，不会发出使多情的皇帝伤感的声音。据我的印象，梧桐大批地落叶，已是深秋，树叶已干，梧桐籽已熟。往往是一夜大风，第二天起来一看，满地桐叶，树上一片也不剩了。

梧桐籽炒食极香，极酥脆，只是太小了。

我的小学校园中有几棵大梧桐，大风之后，我们就争着捡梧桐叶。我们要的不是叶片，而是叶柄。梧桐叶柄末端稍稍鼓起，如一小马蹄。这个小马蹄纤维很粗，可以磨墨。所谓"磨墨"，其实是在砚台上注了水，用粗纤维的叶柄来回磨蹭，把砚台上干硬的宿墨磨化了，可以写字了而已。不过我们都很喜欢用梧桐叶柄来磨墨，好像这样磨出的墨写出字来特别的好。一到梧桐落叶那几天，我们的书包里都有许多梧桐叶柄，好像这是什么宝贝。对于这样毫不值钱的东西的珍视，是可以不当一回事的么？不啊！这里凝聚着我们对于时序的感情。这是"俺们的秋天"。

一九八八年十一月九日
载一九八九年第一期《散文世界》

翠湖心影

有一个姑娘，牙长得好。有人问她：

"姑娘，你多大了？"

"十七。"

"住在哪里？"

"翠湖西。"

"爱吃什么？"

"辣子鸡。"

过了两天，姑娘摔了一跤，磕掉了门牙。有人问她：

"姑娘多大了？"

"十五。"

"住在哪里？"

"翠湖。"

"爱吃什么？"

"麻婆豆腐。"

这是我在四十四年前听到的一个笑话。当时觉得很无聊（是在一个座谈会上听一个本地才子说的）。现在想起来觉得很亲切。因为它让我想起翠湖。

昆明和翠湖分不开，很多城市都有湖。杭州西湖、济南大明湖、扬州瘦西湖。然而这些湖和城的关系都还不是那样密切。似乎把这些湖挪开，城市也还是城市。翠湖可不能挪开。没有翠湖，昆明就不成其为昆明了。翠湖在城里，而且几乎就挨着市中心。城中有湖，这在中国，在世界上，都是不多的。说某某湖是某某城的眼睛，这是一个俗得不能再俗的比喻了。然而说到翠湖，这个比喻还是躲不开。只能说：翠湖是昆明的眼睛。有什么办法呢，因为它非常贴切。

翠湖是一片湖，同时也是一条路。城中有湖，并不妨碍交通。湖之中，有一条很整齐的贯通南北的大路。从文林街、先生坡、府甬道，到华山南路、正义路，这是一条直达的捷径。——否则就要走翠湖东路或翠湖西路，那就绕远多了。昆明人特意来游翠湖的也有，不多。多数人只是从这里穿过。翠湖中游人少而行人多。但是行人到了翠湖，也就成了游人了。从喧嚣扰攘的闹市和刻板枯燥的机关里，匆匆忙忙地走过来，一进了翠湖，即刻就会觉得浑身轻松下来；生活的重压、柴米油盐、委屈烦恼，就会冲淡一些。人们不知不觉地放慢了脚步，甚至可以停下来，在路边的石凳上坐一坐，抽一支烟，四边看看。即使仍在匆忙地赶路，人在湖光树影中，精神也很不一样了。翠湖每天每日，给了昆明人多少浮世的安慰和精神的疗养啊。因此，昆明人——包括外来的游子，对翠湖充满感激。

翠湖这个名字起得好！湖不大，也不小，正合适。小了，不够一游；太大了，游起来怪累。湖的周围和湖中都有堤。堤边密密地栽着树。树都很高大。主要的是垂柳。"秋尽江南草未凋"，昆明的树好像到了冬天也还是绿的。尤其是雨季，翠湖的柳树真是绿得好像要滴下来。湖水极清。我的印象里翠湖似没有蚊子。夏天的夜晚，我们在湖中漫步或在堤边浅草中坐卧，好像都没有被蚊子咬过。湖水常年盈满。我在昆明住了七年，没有看见过翠湖干得见了底。偶尔接连下了几天大雨，湖水涨了，湖中的大路也被淹没，不能通过了。但这样的时候很少。翠湖的水不深。浅处没膝，深处也不过齐腰。我们有一个广东籍的同学，因为失恋，曾投过翠湖。但是他下湖在水里走了一截，又爬上来了。因为他大概还不太想死，而且翠湖里也淹不死人。翠湖不种荷花，但是有许多水浮莲。肥厚碧绿的猪耳状的叶子，开着一望无际的粉紫色的蝶形的花，很热闹。我是在翠湖才认识这种水生植物的。我以后再也没看到过这样大片大片的水浮莲。湖中多红鱼，很大，都有一尺多长。这些鱼已经习惯于人声脚步，见人不惊，整天只是安安静静的，悠然地浮沉游动着。有时夜晚从湖中大路上过，会忽然拨剌一声，从湖心跃起一条极大的大鱼，吓你一跳。湖水、柳树、粉紫色的水浮莲、红鱼，共同组成一个印象：翠。

　　一九三九年的夏天我到昆明来考大学，寄住在青莲街的同济中学的宿舍里，几乎每天都要到翠湖。学校已经发了榜，还没有开学，我们除了骑马到黑龙潭、金殿，坐船到大观楼，就是到翠湖图书馆去看书。这是我这一生去过次数最多的一个图书馆，也是印象极佳的一个图书馆。图书馆不大，形制有一点像一个道观。非常安静整洁，有一个侧院，院里种了好多盆白茶花。这些白茶花有时整天没有一个人来看它，就只是安安静静地欣然地开着。图书馆的管理员是一个妙人。他没有准确的上下班时间。有时我们去得早了，他还没有来，门没有开，我们就在外面等着。他来了，谁也不理，开了门，走进阅览室，把壁上一个不走的挂钟的时针"喀拉拉"一拨，拨到八点，这就上班了，开始借书。这个图书馆的藏书室在楼上。楼板上挖出一个长方形的洞，从洞里用绳子吊下一个长方形的木盘。借书人开好借书单，——管理员把借书单叫做"飞子"，昆明人把一切不大的纸片都叫做"飞子"，买米的发票、包裹单、汽车票，都叫"飞子"，——这位管理员看一看，放在木盘里，一拽旁边的铃铛，"当啷啷"，木盘就从洞里吊上去了。——上面大概有个滑车。不一会，上面拽一个铃铛，木盘又系了下来，你要的书来了。这种古老而有趣的借书手续我以后再也没有见过。这个小图书馆藏书似不少，而且有些善本。我们想看的书大都能够借到。过了两三个小时，这位干瘦而沉默的有点像陈老莲画出来的古典的图书管理员站起来，把壁上不走的挂钟的时针"喀拉拉"一拨，拨到十二点：下班！我们对他这种以意为之的计时方法完全没有意见。因为我们没有一定要看完的书，到这里来只是享受一点安静。我们的看书，是没有目的的，从《南诏国志》到福尔摩斯，逮着什么看什么。

翠湖图书馆现在还有么？这位图书管理员大概早已作古了。不知道为什么，我会常常想起他来，并和我所认识的几个孤独、贫穷而有点怪癖的小知识分子的印象掺和在一起，越来越鲜明。总有一天，这个人物的形象会出现在我的小说里的。

翠湖的好处是建筑物少。我最怕风景区挤满了亭台楼阁。除了翠湖图书馆，有一簇洋房，是法国人开的翠湖饭店。这所饭店似乎是终年空着的。大门虽开着，但我从未见过有人进去，不论是中国人还是法国人。此外，大路之东，有几间黑瓦朱栏的平房，狭长的，按形制似应该叫做"轩"。也许里面是有一方题作什么轩的横匾的，但是我记不得了。也许根本没有。轩里有一阵曾有人卖过面点，大概因为生意不好，停歇了。轩内空荡荡的，没有桌椅。只在廊下有一个卖"糠虾"的老婆婆。"糠虾"是只有皮壳没有肉的小虾。晒干了，卖给游人喂鱼。花极少的钱，便可从老婆婆手里买半碗，一把一把撒在水里，一尺多长的红鱼就很兴奋地游过来，抢食水面的糠虾，唼喋有声。糠虾喂完，人鱼俱散，轩中又是空荡荡的，剩下老婆婆一个人寂然地坐在那里。

路东伸进湖水，有一个半岛。半岛上有一个两层的楼阁。阁上是个茶馆。茶馆的地势很好，四面有窗，入目都是湖水。夏天，在阁子上喝茶，很凉快。这家茶馆，夏天，是到了晚上还卖茶的（昆明的茶馆都是这样，收市很晚），我们有时会一直坐到十点多钟。茶馆卖盖碗茶，还卖炒葵花子、南瓜子、花生米，都装在一个个白铁敲成的方碟子里，昆明的茶馆计账的方法有点特别：瓜子、花生，都是一个价钱，按碟算。喝完了茶，"收茶钱！"堂倌走过来，数一数碟子，就报出个钱数。我们的同学有时临窗饮茶，嗑完一碟瓜子，随手把铁皮碟往外一扔，"pia——"，碟子就落进了水里。堂倌算账，还是照碟算。这些堂倌们晚上清点时，自然会发现碟子少了，并且也一定会知道这些碟子上哪里去了。但是从来没有一次收茶钱时因此和顾客吵起来过；并且在提着大铜壶用"凤凰三点头"手法为客人续水时也从不拿眼睛"贼"着客人。把瓜子碟扔进水里，自然是不大道德，不过堂倌不那么斤斤计较的风度却是很可佩服的。

除了到翠湖图书馆看书、喝茶，我们更多的时候是到翠湖去"穷遛"。这"穷遛"有两层意思，一是不名一钱地遛，一是无穷无尽地遛。"园日涉以成趣"，我们遛翠湖没有个够的时候。尤其是晚上，踏着斑驳的月光树影，可以在湖里一遛遛好几圈。一面走，一面海阔天空，高谈阔论。我们那时都是二十岁上下的人，似乎有很多话要说，可说，我们都说了些什么呢？我现在一句都记不得了！

我是一九四六年离开昆明的。一别翠湖，已经三十八年了，时间过得真快！

我是很想念翠湖的。

前几年，听说因为搞什么"建设"，挖断了水脉，翠湖没有水了。我听了，觉得怅然，而且，愤怒了。这是怎么搞的！谁搞的？翠湖会成了什么样子呢？那些树呢？那些水浮莲呢？那些鱼呢？

最近听说，翠湖又有水了，我高兴！我当然会想到这是三中全会带来的好处。这是拨乱反正。

但是我又听说，翠湖现在很热闹，经常举办"蛇展"什么的，我又有点担心。这又会成了什么样子呢？我不反对翠湖游人多，甚至可以有游艇，甚至可以设立摊篷卖破酥包子、焖鸡米线、冰激凌、雪糕，但是最好不要搞"蛇展"。我希望还有一个明爽安静的翠湖。我想这也是很多昆明人的希望。

一九八四年五月九日
载一九八四年第八期《滇池》

岁朝清供

　　"岁朝清供"是中国画家爱画的画题。明清以后画这个题目的尤其多。任伯年就画过不少幅。画里画的、实际生活里供的，无非是这几样：天竺果、蜡梅花、水仙。有时为了填补空白，画里加两个香橼。"橼"谐音圆，取其吉利。水仙、蜡梅、天竺，是取其颜色鲜丽。隆冬风厉，百卉凋残，晴窗坐对，眼目增明，是岁朝乐事。

　　我家旧园有腊梅四株，主干粗如汤碗，近春节时，繁花满树。这几棵蜡梅磐口檀心，本来是名贵的，但是我们那里重白心而轻檀心，称白心者为"冰心"，而给檀心的起一个不好听的名字："狗心"。我觉得狗心腊梅也很好看。初一一早，我就爬上树去，选择一大枝——要枝子好看，花蕾多的，拗折下来——腊梅枝脆，极易折，插在大胆瓶里。这枝腊梅高可三尺，很壮观。天竺我们家也有一棵，在园西墙角。不知道为什么总是长不大，细弱伶仃，结果也少。我不忍心多折，只是剪两三穗，插进胆瓶，为腊梅增色而已。

　　我走过很多地方，像我们家那样粗壮的腊梅还没有见过。

　　在安徽黟县参观古民居，几乎家家都有两三丛天竺。有一家有一棵天竺，结了那么多果子，简直是岂有此理！而且颜色是正红，——一般天竺果都偏一点紫。我驻足看了半天，已经走出门了，又回去看了一会。大概黟县土壤气候特宜天竺。

在杭州茶叶博物馆，看见一个山坡上种了一大片天竺。我去时不是结果的时候，不能断定果子是什么颜色的，但看梗干枝叶都作深紫色，料想果子也是偏紫的。

任伯年画天竺，果极繁密。齐白石画天竺，果较疏，粒大，而色近朱红，叶亦不作羽状。或云此别是一种，湖南人谓之草天竺，未知是否。

养水仙得会"刻"，否则叶子长得很高，花弱而小，甚至花未放蕾即枯瘪。但是画水仙都还是画完整的球茎，极少画刻过的，即福建画家郑乃珧也不画刻过的水仙。刻过的水仙花美，而形态不入画。

北京人家春节供腊梅、天竺者少，因不易得。富贵人家常在大厅里摆两盆梅花（北京谓之"干枝梅"，很不好听），在泥盆外加开光粉彩或景泰蓝套盆，很俗气。

穷家过年，也要有一点颜色。很多人家养一盆青蒜。这也算代替水仙了吧。或用大萝卜一个，削去尾，挖去肉，空壳内种蒜，铁丝为箍，以线挂在朝阳的窗下，蒜叶碧绿，萝卜皮通红，萝卜缨翻卷上来，也颇悦目。

广州春节有花市，四时鲜花皆有。曾见刘旦宅画"广州春节花市所见"，画的是一个少妇的背影，背兜里背着一个娃娃，右手抱一大束各种颜色的花，左手拈花一朵，微微回头逗弄娃娃，少妇着白上衣，银灰色长裤，身材很苗条。穿浅黄色拖鞋。轻轻两笔，勾出小巧的脚跟。很美。这幅画最动人之处，正在脚跟两笔。

这样鲜艳的繁花，很难说是"清供"了。

曾见一幅旧画：一间茅屋，一个老者手捧一个瓦罐，内插梅花一枝，正要放到案上，题目："山家除夕无他事，插了梅花便过年。"这才真是"岁朝清供"！

一九九二年十二月三十一日

草木春秋

木芙蓉

浙江永嘉多木芙蓉。市内一条街边有一棵，干粗如电线杆，高近二层楼，花多而大，他处少见。楠溪江边的村落，村外、路边的茶亭（永嘉多茶亭，供人休息、喝茶、聊天）檐下，到处可以看见芙蓉。芙蓉有一特别处，红白相间。初开白色，渐渐一边变红，终至整个的花都是桃红的。花期长，掩映于手掌大的浓绿的叶丛中，欣然有生意。

我曾向永嘉市领导建议，以芙蓉为永嘉市花，市领导说永嘉已有市花，是茶花。后来听说温州选定茶花为温州市花，那么永嘉恐怕得让一让。永嘉让出茶花，永嘉市花当另选。那么，芙蓉被选中，还是有可能的。

永嘉为什么种那么多木芙蓉呢？问人，说是为了打草鞋。芙蓉的树皮很柔韧结实，剥下来撕成细条，打成草鞋，穿起来很舒服，且耐走长路，不易磨通。

现在穿树皮编的草鞋的人很少了，大家都穿塑料凉鞋、旅游鞋。但是到处都还在种木芙蓉，这是一种习惯。于是芙蓉就成了永嘉城乡一景。

南瓜子豆腐和皂角仁甜菜

在云南腾冲吃了一道很特别的菜。说豆腐脑不是豆腐脑，说鸡蛋羹不是鸡蛋羹。滑、嫩、鲜，色白而微微带点浅绿，入口清香。这是豆腐吗？是的，但是用鲜南瓜子去壳磨细"点"出来的。很好吃。中国人吃菜真能别出心裁，南瓜子做成豆腐，不知是什么朝代，哪一位美食家想出来的！

席间还有一道甜菜，冰糖皂角米。皂角我的家乡颇多。一般都用来泡水，洗脸洗头，代替肥皂。皂角仁蒸熟，妇女绣花，把绒在皂仁上"光"一下，绒不散，且光滑，便于入针。没有吃它的。到了昆明，才知道这东西可以吃。昆明过去有专卖蒸菜的饭馆，蒸鸡、蒸排骨，都放小笼里蒸，小笼垫底的是皂角仁，蒸得了晶莹透亮，嚼起来有韧劲，好吃。比用红薯、土豆衬底更有风味。但知道可以做甜菜，却是在腾冲。这东西很滑，进口略不停留，即入肠胃。我知道皂角仁的"物性"，警告大家不可多吃。一位老兄吃得口爽，弄了一饭碗，几口就喝了。未及终席，他就奔赴厕所，飞流直下起来。

皂角仁卖得很贵，比莲子、桂圆、西米都贵，只有卖干果、山珍的大食品店才有得卖，普通的副食店里是买不到的。

近几年时兴"皂角洗发膏"，皂角恢复了原来的功能，这也算是"以故为新"吧。

车前子

车前子的样子很有趣。叶贴地而长，近卵形，有长柄。在自由伸向四面的叶丛中央抽出细长的花梗，顶端有穗形花序，直立着。穗不多，少的只有一穗。画家常画之为点缀。程十发即喜画。动画片中好像少不了它。不知道为什么，这东西有一种童话情趣。

车前子可利小便，这是很多农民都知道的。

张家口的山西梆子剧团有一个唱"红"（老生）的演员，经常在几县的"堡"（张家口人称镇为"堡"）演唱，不受欢迎，农民给他起了个外号"车前子"。怎么给他起了这么个外号呢？因为他一出台，农民观众即纷纷起身上厕所，这位"红"利小便。

这位唱"红"的唱得起劲，观众就大声喊叫："快去，快，赶紧拿咸菜！"这又是怎么回事呢？吃白薯吃得太多了，烧心反胃，嚼一块咸菜就好了。这位演员的嗓音叫人听起来烧心。

农民有时是很幽默的。

搞艺术的人千万不能当"车前子"，不能叫人烧心反胃。

紫穗槐

在戴了"右派分子"的帽子以后，我曾经被发配到西山种树。在石多土少的山头用镢头刨坑。实际上是在石头上硬凿出一个一个的树坑来，再把凿碎的砂石填入，用九齿耙搂平。山上寸土寸金，树坑就山势而凿，大小形状不拘。这是个非常重的活。我成了"右派"后所从事的劳动，以修十三陵水库和这次西山种树的活最重。那真是玩了命。

一早，就上山，带两个干馒头、一块大腌萝卜。顿顿吃大腌萝卜，这不是个事。已经是秋天了，山上的酸枣熟了，我们摘酸枣吃。草里有蝈蝈，烧蝈蝈吃！蝈蝈得是三尾的，腹大，多子。一会儿就能捉半土筐。点一把火，把蝈蝈往火里一倒，劈劈剥剥，熟了。咬一口大腌萝卜，嚼半个烧蝈蝈，就馒头，香啊。人不管走到哪一步，总得找点乐子，想一点办法，老是愁眉苦脸的，干吗呢！

我们刨了坑，放着，当时不种，得到明年开了春，再种。据说要种的是紫穗槐。

紫穗槐我认识，枝叶近似槐树，抽条甚长，初夏开紫花，花似紫藤而颜色较紫藤深，花穗较小，瓣亦稍小。风摇紫穗，姗姗可爱。

紫穗槐的枝叶皆可为饲料，牲口爱吃，上膘。条可编筐。

刨了约二十多天树坑，我就告别西山八大处回原单位等候处理，从此再也没有上过山。不知道我们刨的那些坑里种上紫穗槐了没有。再见，紫穗槐！再见，大腌萝卜！再见，蝈蝈！

阿格头子灰背青

敕勒川，
阴山下。
天似穹庐，
笼盖四野。
天苍苍，
野茫茫，
风吹草低见牛羊。

北齐斛律金这首用鲜卑语唱的歌公认是北朝乐府的杰作，写草原诗的压卷之作，苍茫雄浑，前无古人，后无来者。一千多年以来，不知道有多少"南人"，都从"风吹草低见牛羊"一句诗里感受到草原景色，向往不止。

但是这句诗有夸张成分，是想象之词。真到草原去，是看不到这样的景色的。我曾四下内蒙古，到过呼伦贝尔草原、达茂旗的草原、伊克昭盟的草原，还到过新疆的唐巴拉牧场，都不曾见过"风吹草低见牛羊"。张家口坝上沽源的草原的草，倒是比较高，但也藏不住牛羊。论好看，要数沽源的草原好看。草很整齐，叶细长，好像梳过一样，风吹过，起伏摇摆如碧浪。这种草是什么草？问之当地人，说是"碱草"，我怀疑这可能是"草菅人命"的"菅"。"碱草"的营养价值不是很高。

营养价值高的牧草有阿格头子、灰背青。

陪同我们的老曹唱他的爬山调：

> 阿格头子灰背青，
> 四十五天到新城。

他说灰背青叶子青绿而背面是灰色的。"阿格头子"是蒙古话。他拔起两把草叫我们看，且问一个牧民：

"这是阿格头子吗？"

"阿格！阿格！"

这两种草都不高，也就三四寸，几乎是贴地而长。叶片肥厚而多汁。

"阿格头子灰背青，四十五天到新城。"老曹年轻时拉过骆驼，从呼和浩特驮货到新疆新城，一趟得走四十五天。那么来回就得三个月。在多见牛羊少见人的大草原上拉着骆驼一步一步地走，这滋味真难以想象。

老曹是个有趣的人。他的生活知识非常丰富，大青山的药材、草原上的草，他没有不认识的。他知道很多故事，很会说故事。单是狼，他就能说一整天。都是实在经验过的，并非道听途说。狼怎样逗小羊玩，小羊高了兴，跳起来，过了圈羊的荆笆，狼一口就把小羊叼走了；狼会出痘，老狼把出痘子的小狼用沙埋起来，只露出几个小脑袋；有一个小号兵掏了三只小狼羔子，带着走，母狼每晚上跟着部队，哭，后来怕暴露部队目标，队长说服小号兵把小狼放了……老曹好说，能吃，善饮，喜交游。他在大青山打过游击，山里的堡垒户都跟他很熟，我们的吉普车上下山，他常在路口叫司机停一下，找熟人聊两句，帮他们买拖拉机，解决孩子入学……我们后来拜访了布赫同志，提起老曹，布赫同志说："他是个红火人。""红火人"这样的说法，我在别处没有听见过。但是用之于老曹身上，很合适。

老曹后来在呼市负责林业工作。他曾到大兴安岭调查，购买树种，吃过犴鼻子（他说犴鼻子黏性极大，吃下一块，上下牙粘在一起，得使劲张嘴，才能张开。他做了一个当时使劲张嘴的样子，很滑稽）、飞龙。他负责林业时主要的业绩是在大青山山脚至市中心的大路两侧种了杨树，长得很整齐健旺。但是他最喜爱的是紫穗槐，是个紫穗槐迷，到处宣传紫穗槐的好处。

"文化大革命"，内蒙古大搞"内人党"问题，手段极其野蛮残酷，是全国少有的重灾区。老曹在劫难逃。他被捆押吊打，打断了踝骨。后经打了石膏，幸未致残，但是走起路来一拐一拐的。他还是那么"红火"，健谈豪饮。

老曹从小家贫，"成分"不高。他拉过骆驼，吃过很多苦。他在大青山打过游击，无历史问题，为什么要整他，要打断他的踝骨？为什么？

    阿格头子灰背青，
    四十五天到新城。

花和金鱼

从东珠市口经三里河、河舶厂，过马路一直往东，是一条横街。这是北京的一条老街了。也说不上有什么特点，只是有那么一种老北京的味儿。有些店铺是别的街上没有的。有一个每天卖豆汁儿的摊子，卖焦圈儿、马蹄烧饼，水疙瘩丝切得细得像头发。这一带的居民好像特别爱喝豆汁儿，每天晌午，有一个人推车来卖，车上搁一个可容一担水的木桶，木桶里有多半桶豆汁儿。也不吆喝，到时候就来了，老太太们准备好了坛坛罐罐等着。马路东有一家卖鞭哨、皮条、钢绳等等骡车马车上用的各种配件。北京现在大车少了，来买的多是河北人。看了店堂里挂着的挺老长的白色的皮条、两股坚挺的竹子拧成的鞭哨，叫人有点说不出来的感动。有一家铺子在一个高台阶上，门外有一块小匾，写着"惜阴斋"。这是卖什么的呢？我特意上了台阶走进去看了看：是专卖老式木壳自鸣钟、怀表的，兼营擦洗钟表油泥、修配发条、油丝。"惜阴"用之于钟表店，挺有意思，不知是哪位一方名士给写的匾。有一个茶叶店，也有一块匾："今雨茶庄"（好几个人问过我这是什么意思）。其实这是一家夫妻店，什么"茶庄"！

两口子，有五十好几了，经营了这么个"茶庄"。他们每天的生活极其清简。大妈早起撖炉子、生火、坐水、出去买菜。老爷子扫地，擦拭柜台，端正盆花金鱼。老两口都爱养花、养鱼。鱼是龙睛，两条大红的，两条蓝的（他们不爱什么红帽子、绒球……）。鱼缸不大，飘着笮草。花四季更换。夏天，茉莉、珠兰（熟人来买茶叶，掌柜的会摘几朵鲜茉莉花或一小串珠兰和茶叶包在一起）；秋天，九花（老北京人管菊花叫"九花"）；冬天，水仙、天竺果。我买茶叶都到"今雨茶庄"买，近。我住河舶厂，出胡同口就是。我每次买茶叶，总爱跟掌柜的聊聊，看看他的花。花并不名贵，但养得很有精神。他说："我不瞧戏，不看电影，就是这点爱好。"

我打成了"右派"，就离开了河舶厂。过了十几年，偶尔到三里河去，想看"今雨茶庄"还在不在，没找到。问问老住户，说："早没有了！"——"茶叶店掌柜的呢？"——"死了！叫红卫兵打死了！"——"干吗打他？"——"说他是小业主；养花养鱼是'四旧'。老伴没几天也死了，吓死的！——这'文化大革命'！这叫什么事儿！"

一九九六年十月二十八日
载一九九七年第一期《收获》

夏天的昆虫

蝈 蝈

蝈蝈我们那里叫做"叫蚰子"。因为它长得粗壮结实，样子也不大好看，还特别在前面加一个"侉"字，叫做"侉叫蚰子"。这东西就是会呱呱地叫。有时嫌它叫得太吵人了，在它的笼子上拍一下，它就大叫一声："呱！——"停止了。它什么都吃。据说吃了辣椒更爱叫，我就挑顶辣的辣椒喂它。早晨，掐了南瓜花（谎花）喂它，只是取其好看而已。这东西是咬人的。有时捏住笼子，它会从竹篾的洞里咬你的指头肚子一口！

另有一种秋叫蚰子，较晚出，体小，通身碧绿如玻璃料，叫声清脆。秋叫蚰子养在牛角做的圆盒中，顶面有一块玻璃。我能自己做这种牛角盒子，要紧的是弄出一块大小合适的圆玻璃。把玻璃放在水盆里，用剪子剪，则不碎裂。秋叫蚰子价钱比侉叫蚰子贵得多。养好了，可以越冬。

叫蚰子是可以吃的。得是三尾的，腹大多子。扔在枯树枝火中，一会就熟了。味极似虾。

56

蝉

蝉大别有三类。一种是"海溜"，最大，色黑，叫声洪亮。这是蝉里的楚霸王，生命力很强。我曾捉了一只，养在一个断了发条的旧座钟里，活了好多天。一种是"嘟溜"，体较小，绿色而有点银光，样子最好看，叫声也好听："嘟溜——嘟溜——嘟溜"。一种叫"叽溜"，最小，暗赭色，也是因其叫声而得名。

蝉喜欢栖息在柳树上。古人常画"高柳鸣蝉"，是有道理的。

北京的孩子捉蝉用粘竿，——竹竿头上涂了粘胶。我们小时候则用蜘蛛网。选一根结实的长芦苇，一头撅成三角形，用线缚住，看见有大蜘蛛网就一绞，三角里络满了蜘蛛网，很黏。瞅准了一只蝉，轻轻一捂，蝉的翅膀就被粘住了。

佝偻丈人承蜩，不知道用的是什么工具。

蜻　蜓

家乡的蜻蜓有三种。

一种极大，头胸浓绿色，腹部有黑色的环纹，尾部两侧有革质的小圆片，叫做"绿豆钢"。这家伙厉害得很，飞时巨大的翅膀磨得嚓嚓地响。或捉之置室内，它会对着窗玻璃猛撞。

一种即常见的蜻蜓，有灰蓝色和绿色的。蜻蜓的眼睛很尖，但到黄昏后眼力就有点不济。它们栖息着不动，从后面轻轻伸手，一捏就能捏住。玩蜻蜓有一种恶作剧的玩法：掐一根狗尾巴草，把草茎插进蜻蜓的屁股，一撒手，蜻蜓就带着狗尾草的穗子飞了。

一种是红蜻蜓。不知道什么道理，说这是灶王爷的马。

另有一种纯黑的蜻蜓。身上，翅膀都是深黑色，我们叫它鬼蜻蜓，因为它有点鬼气。也叫"寡妇"。

刀　螂

刀螂即螳螂。螳螂是很好看的。螳螂的头可以四面转动。螳螂翅膀嫩绿，颜色和脉纹都很美。昆虫翅膀好看的，为螳螂，为纺织娘。

或问：你写这些昆虫什么意思？答曰：我只是希望现在的孩子也能玩玩这些昆虫，对自然发生兴趣。现在的孩子大都只在电子玩具包围中长大，未必是好事。

载一九八七年第九期《北京文学》

草木虫鱼鸟兽

雁

"爬山调"："大雁南飞头朝西……"

诗人韩燕如告诉我，他曾经用心观察过，确实是这样。他惊叹草原人民对生活的观察的准确而细致。他说："生活！生活！……"

为什么大雁南飞要头朝着西呢？草原上的人说这是依恋故土。"爬山调"是用这样的意思作比喻和起兴的。

"大雁南飞头朝西……"

河北民歌："八月十五雁门开，孤雁头上带霜来……""孤雁头上带霜来"，这写得多美呀！

琥　珀

我在祖母的首饰盒子里找到一个琥珀扇坠。一滴琥珀里有一只小黄蜂。琥珀是透明的，从外面可以清清楚楚地看到黄蜂。触须、翅膀、腿脚，清清楚楚，形态如生，好像它还活着。祖母说，黄蜂正在飞动，一滴松脂滴下来，恰巧把它裹住。松脂埋在地下好多年，就成了琥珀。祖母告诉我，这样的琥珀并非罕见，值不了多少钱。

后来我在一个宾馆的小卖部看到好些人造琥珀的首饰。各种形状的都有，都琢治得很规整，里面也都压着一个昆虫。有一个项链上的淡黄色的琥珀片里竟压着一只蜻蜓。这些昆虫都很完整，不缺腿脚，不缺翅膀，但都是僵直的，缺少生气。显然这些昆虫是弄死了以后，精心地，端端正正地压在里面的。

我不喜欢这种里面压着昆虫的人造琥珀。

我的祖母的那个琥珀扇坠之所以美，是因为它是偶然形成的。

美，多少要包含一点偶然。

瓢　虫

瓢虫有好几种，外形上的区别在鞘翅上有多少黑点。这种黑点，昆虫学家谓之"星"。有七星瓢虫。十四星瓢虫。二十星瓢虫……有的瓢虫是益虫，它吃蚜虫，是蚜虫的天敌；有的瓢虫是害虫，吃马铃薯的嫩芽。

瓢虫的样子是差不多的。

中国画里很早就有画瓢虫的了。通红的一个圆点，在绿叶上，很显眼，使画面增加了生趣。

齐白石爱画瓢虫。他用藤黄涂成一个葫芦，上面栖息了一只瓢虫，对比非常鲜明。王雪涛、许麟庐都画过瓢虫。

谁也没有数过画里的瓢虫身上有几个黑点，指出这只瓢虫是害虫还是益虫。

科学和艺术有时是两回事。

瓢虫像一粒用朱漆制成的小玩意。

北京的孩子（包括大人）叫瓢虫为"花大姐"，这个名字很美。

螃　蟹

螃蟹的样子很怪。

《梦溪笔谈》载：关中人不识螃蟹。有人收得一只干蟹，人家病疟，就借去挂在门上。——中国过去相信生疟疾是由于虐鬼作祟。门上挂了一只螃蟹，虐鬼不知道这是什么玩意，就不敢进门了。沈括说：不但人不识，鬼亦不识也。"不但人不识，鬼亦不识也"，这说得很幽默！

在拉萨八角街一家卖藏药的铺子里看到一只小螃蟹，蟹身只有拇指大，金红色的，已经干透了，放在一只盘子里。大概西藏人也相信这只奇形怪状的虫子有某种魔力，是能治病的。

螃蟹为什么要横着走呢？

螃蟹的样子很凶恶，很奇怪，也很滑稽。

凶恶和滑稽往往近似。

豆　芽

朱小山去点豆子。地埂上都点了，还剩一把，他懒得带回去，就搬起一块石头，把剩下的豆子都塞到石头下面。过了些日子，朱小山发现：石头离开地面了。豆子发了芽，豆芽把石头顶起来了。朱小山非常惊奇。

朱小山为这件事惊奇了好多年。他跟好些人讲起过这件事。

有人问朱小山："你老说这件事是什么意思？是要说明一种什么哲学吗？"

朱小山说："不，我只是想说说我的惊奇。"

过了好些年，朱小山成了一个知名的学者，他回他的家乡去看看。他想找到那块石头。

他没有找到。

落　叶

漠漠春阴柳未青，
冻云欲湿上元灯。
行过玉渊潭畔路，
去年残叶太分明。
汽车开过湖边，
带起一群落叶。
落叶追着汽车，
一直追得很远。
终于没有力气了，
又纷纷地停下了。
"你神气什么？
还的的地叫！"
"甭理它。
咱们讲故事。"
"秋天，
早晨的露水……"

啄木鸟

啄木鸟追逐着雌鸟，

红胸脯发出无声的喊叫，

它们一翅飞出树林，

落在湖边的柳梢。

不知从哪里钻出一个孩子，

一声大叫。

啄木鸟吃了一惊，

他身边已经没有雌鸟。

不一会树林里传出啄木的声音，

他已经忘记了刚才的烦恼。

载一九九八年第二期《大家》（有删节）

辑 二

人 间 滋 味

故乡的元宵

故乡的元宵是并不热闹的。

没有狮子、龙灯，没有高跷，没有跑旱船，没有"大头和尚戏柳翠"，没有花担子、茶担子。这些都在七月十五"迎会"——赛城隍时才有，元宵是没有的。很多地方兴"闹元宵"，我们那里的元宵却是静静的。

有几年，有送麒麟的。上午，三个乡下的汉子，一个举着麒麟，——一张长板凳，外面糊纸扎的麒麟，一个敲小锣，一个打镲，咚咚当当敲一气，齐声唱一些吉利的歌。每一段开头都是"格炸炸"：

> 格炸炸，格炸炸，
> 麒麟送子到你家……

我对这"格炸炸"印象很深。这是什么意思呢？这是状声词？状的什么声呢？送麒麟的没有表演，没有动作，曲调也很简单。送麒麟的来了，一点也不叫人兴奋，只听得一连串的"格炸炸"。"格炸炸"完了，祖母就给他们一点钱。

街上掷骰子"赶老羊"的赌钱的摊子上没有人。六颗骰子静静地在大碗底卧着。摆赌摊的坐在小板凳上抱着膝盖发呆。年快过完了，准备过年输的钱也输得差不多了，明天还有事，大家都没有赌兴。

草巷口有个吹糖人的。孙猴子舞大刀、老鼠偷油。

北市口有捏面人的。青蛇、白蛇、老渔翁。老渔翁的蓑衣是从药店里买来的夏枯草做的。

到天地坛看人拉"天嗡子"——即抖空竹，拉得很响，天嗡子蛮牛似的叫。

到泰山庙看老妈妈烧香。一个老妈妈鞋底有牛屎，干了。

一天快过去了。

不过元宵要等到晚上，上了灯，才算。元宵元宵嘛。我们那里一般不叫元宵，叫灯节。灯节要过几天，十三上灯，十七落灯。"正日子"是十五。

各屋里的灯都点起来了。大妈（大伯母）屋里是四盏玻璃方灯。二妈屋里是画了红寿字的白明角琉璃灯，还有一张珠子灯。我的继母屋里点的是红琉璃泡子。一屋子灯光，明亮而温柔，显得很吉祥。

上街去看走马灯。连万顺家的走马灯很大。"乡下人不识走马灯——又来了。"走马灯不过是来回转动的车、马、人（兵）的影子，但也能看它转几圈。后来我自己也动手做了一个，点了蜡烛，看着里面的纸轮一样转了起来，外面的纸屏上一样映出了影子，很欣喜。乾隆和的走马灯并不"走"，只是一个长方的纸箱子，正面白纸上有一些彩色的小人，小人连着一根头发丝，烛火烘热了发丝，小人的手脚会上下动。它虽然不"走"，我们还是叫它走马灯。要不，叫它什么灯呢？这外面的小人是唐僧、孙悟空、猪八戒、沙和尚。整个画面表现的是《西游记》唐僧取经。

孩子有自己的灯。兔子灯、绣球灯、马灯……兔子灯大都是自己动手做的。下面安四个轱辘，可以拉着走。兔子灯其实不大像兔子，脸是圆的，眼睛是弯弯的，像人的眼睛，还有两道弯弯的眉毛！绣球灯、马灯都是买的。绣球灯是一个多面的纸扎的球，有一个篾制的架子，架子上有一根竹竿，架子下有两个轱辘，手执竹竿，向前推移，球即不停滚动。马灯是两段，一个马头，一个马屁股，用带子系在身上。西瓜灯、虾蟆灯、鱼灯，这些手提的灯，是小孩玩的。

有一个习俗可能是外地所没有的：看围屏。硬木长方框，约三尺高、尺半宽，镶绢，上画一笔演义小说人物故事，灯节前装好，一堂围屏约三十幅，屏后点蜡烛。这实际上是照得透亮的连环画。看围屏有两处，一处在炼阳观的偏殿，一处在附设在城隍庙里的火神庙。炼阳观画的是《封神榜》，火神庙画的是《三国》。围屏看了多少年，但还是年年看。好像不看围屏就不算过灯节似的。

街上有人放花。

有人放高升（起火），不多的几支，起火升到天上，嗤——灭了。

天上有一盏红灯笼。竹篾为骨，外糊红纸，一个长方的筒，里面点了蜡烛，放到天上，灯笼是很好放的，连脑线都不用，在一个角上系上线，就能飞上去。灯笼在天上微微飘动，不知道为什么，看了使人有一点薄薄的凄凉。

年过完了，明天十六，所有店铺就"大开门"了。我们那里，初一到初五，店铺都不开门。初六打开两扇排门，卖一点市民必需的东西，叫做"小开门"。十六把全部排门卸掉，放一挂鞭，几个炮仗，叫做"大开门"，开始正常营业。年，就这样过去了。

一九九三年二月十二日

67

故乡的野菜

荠菜。荠菜是野菜，但在我的家乡却是可以上席的。我们那里，一般的酒席，开头都有八个凉碟，在客人入席前即已摆好。通常是火腿、变蛋（松花蛋）、风鸡、酱鸭、油爆虾（或呛虾）、蚶子（是从外面运来的，我们那里不产）、咸鸭蛋之类。若是春天，就会有两样应时凉拌小菜：杨花萝卜（即北京的小水萝卜）切细丝拌海蜇，和拌荠菜。荠菜焯过，碎切，和香干细丁同拌加姜米，浇以麻油酱醋，或用虾米，或不用，均可。这道菜常抟成宝塔形，临吃推倒，拌匀。拌荠菜总是受欢迎的，吃个新鲜。凡野菜，都有一种园种的蔬菜所缺少的清香。

荠菜大都是凉拌，炒荠菜很少人吃。荠菜可包春卷，包圆子（汤团）。江南人用荠菜包馄饨，称为菜肉馄饨，亦称"大馄饨"。我们那里没有用荠菜包馄饨的。我们那里的面店中所卖的馄饨都是纯肉馅的馄饨，即江南所说的"小馄饨"。没有"大馄饨"。我在北京的一家有名的家庭餐馆吃过这一家的一道名菜：翡翠蛋羹。一个汤碗里一边是蛋羹，一边是荠菜，一边嫩黄，一边碧绿，绝不混淆，吃时搅在一起。这种讲究的吃法，我们家乡没有。

枸杞头。春天的早晨，尤其是下了一场小雨之后，就可听到叫卖枸杞头的声音。卖枸杞头的多是附郭近村的女孩子，声音很脆，极能传远："卖枸杞头来！"枸杞头放在一个竹篮子里，一种长圆形的竹篮，叫做元宝篮子。枸杞头带着雨水，女孩子的声音也带着雨水。枸杞头不值什么钱，也从不用秤约，给几个钱，她们就能把整篮子倒给你。女孩子也不把这当做正经买卖，卖一点钱，够打一瓶梳头油就行了。

自己去摘，也不费事。一会儿工夫，就能摘一堆。枸杞到处都是。我的小学的操场原是祭天地的空地，叫做"天地坛"。天地坛的四边围墙的墙根，长的都是这东西。枸杞夏天开小白花，秋天结很多小果子，即枸杞子，我们小时候叫它"狗奶子"，因为很像狗的奶子。

枸杞头也都是凉拌，清香似尤甚于荠菜。

蒌蒿。小说《大淖记事》："春初水暖，沙洲上冒出很多紫红色的芦芽和灰绿色的蒌蒿，很快就是一片翠绿了。"我在书页下面加了一条注："蒌蒿是生于水边的野草，粗如笔管，有节，生狭长的小叶，初生二寸来高，叫做'蒌蒿薹子'，加肉炒食极清香。……"蒌蒿，字典上都注"蒌"音楼，蒿之一种，即白蒿。我以为蒌蒿不是蒿之一种，蒌蒿掐断，没有那种蒿子气，倒是有一种水草气。苏东坡诗："蒌蒿满地芦芽短"，以蒌蒿与芦芽并举，证明是水边的植物，就是我的家乡所说"蒌蒿薹子"。"蒌"字我的家乡不读楼，读吕。蒌蒿好像都是和瘦猪肉同炒，素炒好像没有。我小时候非常爱吃炒蒌蒿薹子。桌上有一盘炒蒌蒿薹子，我就非常兴奋，胃口大开。蒌蒿薹子除了清香，还有就是很脆，嚼之有声。

荠菜、枸杞我在外地偶尔吃过，蒌蒿薹子自十九岁离乡后从未吃过，非常想念。去年我的家乡有人开了汽车到北京来办事，我的弟妹托他们带了一塑料袋蒌蒿薹子来，因为路上耽搁，到北京时已经焐坏了。我挑了一些还来不及烂的，炒了一盘，还有那么一点意思。

马齿苋。中国古代吃马齿苋是很普遍的，马齿苋与人苋（即红白苋菜）并提。后来不知怎么吃的人少了。我的祖母每年夏天都要摘一些马齿苋，晾干了，过年包包子。我的家乡普通人家平常是不包包子的，只有过年才包，自己家里人吃，有客人来蒸一盘待客。不是家里人包的。一般的家庭妇女不会包，都是备了面、馅，请包子店里的师傅到家里做，做一上午，就够正月里吃了。我的祖母吃长斋，她的马齿苋包子只有她自己吃。我尝过一个，马齿苋有点酸酸的味道，不难吃，也不好吃。

马齿苋南北皆有。我在北京的甘家口住过，离玉渊潭很近，玉渊潭马齿苋极多。北京人叫做马苋儿菜，吃的人很少。养鸟的拔了喂画眉。据说画眉吃了能清火。画眉还会有"火"么？

莼菜。第一次喝莼菜汤是在杭州西湖的楼外楼，一九四八年四月。这以前我没有吃过莼菜，也没有见过。我的家乡人大都不知莼菜为何物。但是秦少游有《以莼姜法鱼糟蟹寄子瞻》诗，则高邮原来是有莼菜的。诗最后一句是"泽居备礼无麋鹿"，秦少游当时盖在高邮居住，送给苏东坡的是高邮的土产。高邮现在还有没有莼菜，什么时候回高邮，我得调查调查。

明朝的时候，我的家乡出过一个散曲作家王磐。王磐字鸿渐，号西楼，散曲作品有《西楼乐府》。王磐当时名声很大，与散曲大家陈大声并称为"南曲之冠"。王西楼还是画家。高邮现在还有一句歇后语"王西楼嫁女儿——画（话）多银子少"。王西楼有一本有点特别的著作：《野菜谱》。《野菜谱》收野菜五十二种。五十二种中有些我是认识的，如白鼓钉（蒲公英）、蒲儿根、马兰头、青蒿儿（即茵陈蒿）、枸杞头、野绿豆、蒌蒿、荠菜儿、马齿苋、灰条。江南人重马兰头。小时读周作人的《故乡的野菜》，提到儿歌："荠菜马兰头，姐姐嫁在后门头"，很是向往，但是我的家乡是不大有人吃的。灰条的"条"字，正字应是

"藋"，通称灰菜。这东西我的家乡人不吃。我第一次吃灰菜是在一个山东同学的家里，蘸了稀面，蒸熟，就烂蒜，别具滋味。后来在昆明黄土坡一中学教书，学校发不出薪水，我们时常断炊，就捋了灰菜来炒了吃。在北京我也摘过灰菜炒食。有一次发现钓鱼台国宾馆的墙外长了很多灰菜，极肥嫩，就弯下腰来摘了好些，装在书包里。门卫发现，走过来问："你干什么？"他大概以为我在埋定时炸弹。我把书包里的灰菜抓出来给他看，他没有再说什么，走开了。灰菜有点碱味，我很喜欢这种味道。王西楼《野菜谱》中有一些，我不但没有吃过，见过，连听都没听说过，如："燕子不来香""油灼灼"……

《野菜谱》上图下文。图画的是这种野菜的样子，文则简单地说这种野菜的生长季节，吃法。文后皆系以一诗，一首近似谣曲的小乐府，都是借题发挥，以野菜名起兴，写人民疾苦。如：

眼子菜
眼子菜，如张目，年年盼春怀布谷，犹向秋来望时熟。何事频年倦不开，愁看四野波漂屋。

猫耳朵
猫耳朵，听我歌，今年水患伤田禾，仓廪空虚鼠弃窝，猫兮猫兮将奈何！

江荠
江荠青青江水绿，江边挑菜女儿哭。爷娘新死兄趁熟，止存我与妹看屋。

抱娘蒿

抱娘蒿，结根牢，解不散，如漆胶。君不见昨朝儿卖客船上，儿抱娘哭不肯放。

这些诗的感情都很真挚，读之令人酸鼻。我的家乡本是个穷地方，灾荒很多，主要是水灾，家破人亡，卖儿卖女的事是常有的。我小时就见过。现在水利大有改进，去年那样的特大洪水，也没死一个人，王西楼所写的悲惨景象不复存在了。想到这一点，我为我的家乡感到欣慰。过去，我的家乡人吃野菜主要是为了度荒，现在吃野菜则是为了尝新了。喔，我的家乡的野菜！

一九九二年四月十四日

载一九九二年第三期《钟山》

昆明菜

我这篇东西是写给外地人看的，不是写给昆明人看的。和昆明人谈昆明菜，岂不成了笑话！其实不如说是写给我自己看的。我离开昆明整四十年了，对昆明菜一直不能忘。

昆明菜是有特点的。昆明菜——云南菜不属于中国的八大菜系。很多人以为昆明菜接近四川菜，其实并不一样。四川菜的特点是麻、辣。多数四川菜都要放郫县豆瓣、泡辣椒，而且放大量的花椒，——必得是川椒。中国很多省的人都爱吃辣，如湖南、江西，但像四川人那样爱吃花椒的地方不多。重庆有很多小面馆，门面的白墙上多用黑漆涂写三个大字"麻、辣、烫"，老远地就看得见。昆明菜不像四川菜那样既辣且麻。大抵四川菜多浓厚强烈，而昆明菜则比较清淡纯和。四川菜调料复杂，昆明菜重本味。比较一下怪味鸡和汽锅鸡，便知二者区别所在。

汽锅鸡

中国人很会吃鸡。广东的盐焗鸡，四川的怪味鸡，常熟的叫花鸡，山东的炸八块，湖南的东安鸡，德州的扒鸡……如果全国各种做法的鸡来一次大奖赛，哪一种鸡该拿金牌？我以为应该是昆明的汽锅鸡。

是什么人想出了这种非常独特的吃法？估计起来，先得有汽锅，然后才有汽锅鸡。汽锅以建水所制者最佳。现在全国出陶器的地方都能造汽锅，如江苏的宜兴。但我觉得用别处出的汽锅蒸出来的鸡，都不如用建水汽锅做出的有味。这也许是我的偏见。汽锅既出在建水，那么，昆明的汽锅鸡也可能是从建水传来的吧？

原来在正义路近金碧路的路西有一家专卖汽锅鸡。这家不知有没有店号，进门处挂了一块匾，上书四个大字："培养正气"。因此大家就径称这家饭馆为"培养正气"。过去昆明人一说："今天我们培养一下正气"，听话的人就明白是去吃汽锅鸡。"培养正气"的鸡特别鲜嫩，而且屡试不爽。没有哪一次去吃了，会说"今天的鸡差点事"！所以能永远保持质量，据说他家用的鸡都是武定肥鸡。鸡瘦则肉柴，肥则无味。独武定鸡极肥而有味。揭盖之后：汤清如水，而鸡香扑鼻。

听说"培养正气"已经没有了。昆明饭馆里卖的汽锅鸡已经不是当年的味道，因为用的不是武定鸡，什么鸡都有。

恢复"培养正气"，重新选用武定鸡，该不是难事吧？

昆明的白斩鸡也极好。玉溪街卖馄饨的摊子的铜锅上搁一个细铁条篦子，上面都放两三只肥白的熟鸡。随要，即可切一小盘。昆明人管白斩鸡叫"凉鸡"。我们常常去吃，喝一点酒，因为是坐在一张长板凳上吃的，有一个同学为这种做法起了一个名目，叫"坐失（食）良（凉）机（鸡）"。玉溪街卖的鸡据说是玉溪鸡。

华山南路与武成路交界处从前有一家馆子叫"映时春"，做油淋鸡极佳。大块鸡生炸，十二寸的大盘，高高地堆了一盘。蘸花椒盐吃。二十几岁的小伙子，七八个人，人得三五块，顷刻瓷盘见底矣。如此吃鸡，平生一快。

昆明旧有卖爊鸡杂的，挎腰圆食盒，串街唤卖。鸡肫鸡肝皆用篾条穿成一串，如北京的糖葫芦。鸡肠子盘紧如素鸡，买时旋切片。耐嚼，极有味，而价甚廉，为佐茶下酒妙品。估计昆明这样的小吃已经没有了。曾与老昆明谈起，全似孟元老《东京梦华录》中所记了也。

火　腿

云南宣威火腿与浙江金华火腿齐名，难分高下。金华火腿知道的人多，有许多品级。比较著名的是"雪舫蒋腿"。更高级的，以竹叶熏成的，谓之"竹叶腿"。宣威火腿似没有这么多讲究，只是笼统地叫做火腿。火腿出在宣威，据说宣威家家腌制，而集中销售地则在昆明。正义路牌坊东侧原来有一家火腿庄，除了卖整只、零切的火腿，还卖火腿骨、火腿油。上海卖金华火腿的南货店有时卖"火腿脚爪"，单卖火腿油，却没有听说过。火腿骨熬汤，火腿油炖豆腐，想来一定很好吃。

火腿作为提味的配料时多，单吃，似只有一种吃法，蒸熟了切片。从前有蜜炙火腿，不知好吃否。金华火腿按部位分油头、上腰、中腰，——再以下便是脚爪。昆明人吃火腿特重小腿至肘棒的那一部分，谓之"金钱片腿"，因为切开作圆形，当中是精肉，周围是肥肉，带着一圈薄皮。大西门外有一家本地饭馆，不大，很不整洁，但是菜品不少，金钱片腿是必备的。因为赶马的马锅头最爱吃这道菜，——这家饭馆的主要顾客是马锅头。马锅头兄弟一进门，别的菜还没有要，先叫："切一盘金钱片腿!"

一道昆明菜，不是以火腿为主料，但离开火腿却不成的，是"锅贴乌鱼"。这是东月楼的名菜。乃以乌鱼两片（乌鱼必活杀，鱼片须旋批），中夹兼肥带瘦的火腿一片，在平底铛上，以文火烙成，不加任何别的作料。鲜嫩香美，不可名状。

东月楼在护国路，是一家地道的昆明老馆子。除锅贴乌鱼外，尚有酱鸡腿，也极好。听说东月楼现在也没有了。

昆明吉庆祥的火腿月饼甚佳。今年中秋，北京运到一批，买来一尝，滋味犹似当年。

牛 肉

我一辈子没有吃过昆明那样好的牛肉。

昆明的牛肉馆的特别处是只卖牛肉一样，——外带米饭、酒，不卖别的菜肴。这样的牛肉馆，据我所知，有三家。有一家在大西门外凤翥街，因为离西南联大很近，我们常去。我是由这家"学会"吃牛肉的。一家在小东门。而以小西门外马家牛肉馆为最大。楼上楼下，几十张桌子。牛肉馆的牛肉是分门别类地卖的。最常见的是汤片和冷片。白牛肉切薄片，浇滚烫的清汤，为汤片。冷片也是同样旋切的薄片，但整齐地码在盘子里，蘸甜酱油吃（甜酱油为昆明所特有）。汤片、冷片皆极酥软，而不散碎。听说切汤片冷片的肉是整个一边牛蒸熟了的，我有点不相信：哪里有这样大的蒸笼，这样大的锅呢？但切片的牛肉确是很大的大块的。牛肉这样酥软，火候是要很足。有人告诉我，得蒸（或煮？）一整夜。其次是"红烧"。"红烧"不是别的地方加了酱油焖煮的红烧牛肉，也是清汤的，不过大概牛肉曾用红曲染过，故肉呈胭脂红色。"红烧"是切成小块的。这不用牛身上的"好"肉，如胸肉腿肉，带一些"筋头巴脑"，和汤、冷片相较，别是一种滋味。还有几种牛身上的特别部位，也分开卖。却都有代用的别名，不"会"吃的人听不懂，不知道这是什么东西。如牛肚叫"领肝"；牛舌叫"撩青"。很多地方卖舌头都讳言"舌"字，因为"舌"与"蚀"同音。无锡陆稿荐卖猪舌改叫"赚头"。广东饭馆把牛舌叫"牛脷"其实本是"牛利"，只是加了一肉月偏旁，以示这是肉食。这都是反"蚀"之意而用之，讨个吉利。把舌头叫成"撩青"，别处没有听说过。稍想一下，是有道理的。牛吃青草，都是用舌头撩进嘴里的。这一别称很形象，但是太费解了。牛肉馆还有牛大筋卖。我有一次同一个女同学去吃马家牛肉馆，她问我："这是什么？"我实在不好回答。我在昆明吃过不少次牛大筋，只是因为它好吃，不是为了壮阳。"领肝""撩青""大筋"，都是带汤的。牛肉馆不卖炒菜。上牛肉馆其实主要是来喝汤的，——汤好。

昆明牛肉馆用的牛都是小黄牛，老牛、废牛是不用的。

吃一次牛肉馆是花不了多少钱的，比一般小饭馆便宜，也好吃，实惠。

马家牛肉馆常有人托一搪瓷茶盘来卖小菜，藠头、腌蒜、腌姜、糟辣椒……有七八样。两三分钱即可买一小碟，极开胃。

马家牛肉店不知还有没有？如果没有了，就太可惜了。

昆明还有牛干巴，乃将牛肉切成长条，腌制晾干。小饭馆有炒牛干巴卖。这东西据说生吃也行。马锅头上路，总要带牛干巴，用刀削成薄片，酒饭均宜。

蒸　菜

昆明尚食蒸菜。正义路原来有一家。蒸鸡、蒸骨、蒸肉，都放在直径不到半尺的小蒸笼中蒸熟。小笼层层相叠，几十笼为一摞，一口大蒸锅上蒸着好几摞。蒸菜都酥烂，蒸鸡连骨头都能嚼碎。蒸菜有衬底。别处蒸菜衬底多为红薯、洋芋、白萝卜，昆明蒸菜的衬底却是皂角仁。皂角仁我是认识的。我们那里的少女绣花，常用小瓷碟蒸十数个皂角仁，用来"光"绒，取其滑润，并增光泽。我没有想到这东西能吃，且好吃。样子也好看，莹洁如玉。这么多的蒸菜，得用多少皂角仁，得多少皂角才能剥出这样多的仁呢？玉溪街里有一家也卖蒸菜。这家所卖蒸菜中有一色 rang 小瓜：小南瓜，挖出瓤，塞入肉蒸熟，很别致。很多地方都有 rang 菜，rang 冬瓜，rang 茄子，都是塞肉蒸熟的菜。rang 不知道怎么写，一般字典查不到这个字。或写成"酿"，则音义都不对。我们到北京后曾做过 rang 小瓜，终不似玉溪街的味道。大概这家因为是和许多其他蒸菜摆在一起蒸的，鸡、骨、肉的蒸汽透入蒸小瓜的笼，故小瓜里的肉有瓜香，而包肉的瓜则带鲜味。单 rang 一瓜，不能腴美。

诸　菌

有朋友到昆明开会，我告诉他到昆明一定要吃吃菌子。他住在一旧交家里，把所有的菌子都吃了。回北京见到我，说："真是好！"

鸡𡎝为菌中之王。甬道街有一家专做鸡𡎝的馆子。这家还卖苦菜汤，是熬在一口大锅里，非常便宜，好吃。外省人说昆明有三怪：姑娘叫老太，芥菜叫苦菜。听昆明人说苦菜不是芥菜，别是一种。

前月有一直住在昆明的老同学来，说鸡𡎝出在富民。有一次他们开会，从富民拉了一汽车鸡𡎝来，吃得不亦乐乎。鸡𡎝各处皆有，富民可能出得多一些。

青头菌、牛肝菌、干巴菌、鸡油菌，我在别的文章里已写过，不重复。昆明诸菌总宜鲜吃。鸡𡎝可制成油鸡𡎝，干巴菌可晾成干，可致远，然而风味减矣。

乳扇、乳饼

乳扇是晾干的奶皮子，乳饼即奶豆腐。这种奶制品我颇怀疑是元朝的蒙古兵传入云南的。然而内蒙古人的奶制品只是用来佐奶茶，云南则作为菜肴。这两样其实只能"吃着玩"，不下饭的。

炒鸡蛋

炒鸡蛋天下皆有。昆明的炒鸡蛋特泡。一颠翻面，两颠出锅，动锅不动铲。趁热上桌，鲜亮喷香，逗人食欲。

番茄炒鸡蛋，番茄炒至断生，仍有清香，不疲软，鸡蛋成大块，不发死。番茄与鸡蛋相杂，颜色仍分明，不像北方的西红柿炒鸡蛋，炒得"一塌糊涂"。

映时春有雪花蛋，乃以鸡蛋清、温熟猪油于小火上，不住地搅拌，猪油与蛋清相入，油蛋交融。嫩如鱼脑，洁白而有亮光。入口即已到喉，齿舌都来不及辨别是何滋味，真是一绝。另有桂花蛋，则以蛋黄以同法制成。雪花蛋、桂花蛋上都撒了一层瘦火腿末，但不宜多，多则掩盖鸡蛋香味。鸡蛋这样的做法，他处未见。我在北京曾用此法作一盘菜待客，吹牛说"这是昆明做法"。客人尝后，连说"不错！不错!"且到处宣传。其实我做出的既不是雪花蛋，也不是桂花蛋，简直有点像山东的"假螃蟹"了！

炒青菜

袁子才《随园食单》指出：炒青菜须用荤油，炒荤菜当用素油，很有道理。昆明炒青菜都用猪油。昆明的青菜炒得好，因

79

为：菜新鲜，油多，火爆，慎用酱油，起锅时一般不烹水或烹水极少，不盖锅（饭馆里炒青菜多不盖锅），或盖锅时间甚短。这样炒出来的青菜不失菜味，且不变色，视之犹如从园中初摘出来的一样。

菜花昆明叫椰花菜。北京炒菜花先以水焯过，再炒。这样就不如干脆加水煮成奶油菜花汤了。昆明炒椰花菜皆生炒，脆而不梗，干干净净。如加火腿，尤妙。

炒包谷只有昆明有。每年北京嫩玉米上市时，我都买一些回来抠出玉米粒加瘦肉末炒了吃。有亲戚朋友来，觉得很奇怪："玉米能做菜？"尝了两筷子，都说"好吃"。炒包谷做法简单，在北京的一个很小的范围内已经推广。有一个西南联大的校友请几个老同学上家里聚一聚，特别声明："今天有一道昆明菜！"端上来，是炒包谷。包谷既老，放了太多的肉，大量酱油，还加了很多水咕嘟了！我跟他说："你这样的炒包谷，能把昆明人气死。"

临离昆明前我和朱德熙在一家饭馆里吃了一盘肉炒菠菜，当时叫绝，至今不忘。菠菜极嫩（北京人爱吃长成小树一样的菠菜，真不可解），油极大，火甚匀，味极鲜。炒菠菜要尽量少动铲子。频频翻锅，菠菜就会发黑，且有涩味。

黑芥·韭菜花·茄子酢

昆明谓黑大头菜为黑芥。袁子才以为大头菜偏宜肉炒，很对。大头菜得肉，香味才能发出。我们有时几个人在昆明饭馆里吃饭，一看菜不够了，就赶紧添叫一盘黑芥炒肉。一则这个菜来得快；二则极下饭，且经吃。

韭菜花出曲靖。名为韭菜花，其实主料是切得极细晾干的萝卜丝。这是中国咸菜里的"神品"。这一味小菜按说不用多少成本，但价钱却颇贵，想是因为腌制很费工。昆明人家也有自己腌韭菜花的。这种韭菜花和北京吃涮羊肉作调料的韭菜花不是一回事，北京人万勿误会。

茄子酢是茄子切细丝，风干，封缸，发酵而成。我很怀疑这属于古代的菹。菹，郭沫若以为可能是泡菜。《说文解字》"菹"字下注云："酢菜也"，我觉得可能就是茄子酢一类的东西。中国以酢为名的小菜别处也有，湖南有"酢辣子"。古书里凡从酉的字都跟酒有点关系。茄子酢和酢辣子都是经过酒化了的，吃起来带酒香。

载一九八七年第一期《滇池》

五　味

　　山西人真能吃醋！几个山西人在北京下饭馆，坐定之后，还没有点菜，先把醋瓶子拿过来，每人喝了三调羹醋。邻座的客人直瞪眼。有一年我到太原去，快过春节了。别处过春节，都供应一点好酒，太原的油盐店却都贴出一个条子："供应老陈醋，每户一斤。"这在山西人是大事。

　　山西人还爱吃酸菜，雁北尤甚。什么都拿来酸，除了萝卜白菜，还包括杨树叶子，榆树钱儿。有人来给姑娘说亲，当妈的先问，那家有几口酸菜缸。酸菜缸多，说明家底子厚。

　　辽宁人爱吃酸菜白肉火锅。

　　北京人吃羊肉酸菜汤下杂面。

　　福建人、广西人爱吃酸笋。我和贾平凹在南宁，不爱吃招待所的饭，到外面瞎吃。平凹一进门，就叫："老友面！""老友面"者，酸笋肉丝氽汤下面也，不知道为什么叫做："老友。"

　　傣族人也爱吃酸。酸笋炖鸡是名菜。

　　延庆山里夏天爱吃酸饭。把好好的饭焐酸了，用井拔凉水一和，呼呼地就下去了三碗。

　　都说苏州菜甜，其实苏州菜只是淡，真正甜的是无锡。无锡炒鳝糊放那么多糖！包子的肉馅里也放很多糖，没法吃！

四川夹沙肉用大片肥猪肉夹了洗沙蒸，广西芋头扣肉用大片肥猪肉夹芋泥蒸，都极甜，很好吃，但我最多只能吃两片。

广东人爱吃甜食。昆明金碧路有一家广东人开的甜品店，卖芝麻糊、绿豆沙，广东同学趋之若鹜。"番薯糖水"即用白薯切块熬的汤，这有什么好喝的呢？广东同学曰："好嘢！"

北方人不是不爱吃甜，只是过去糖难得。我家曾有老保姆，正定乡下人，六十多岁了。她还有个婆婆，八十几了。她有一次要回乡探亲，临行称了两斤白糖，说她的婆婆就爱喝个白糖水。

北京人很保守，过去不知苦瓜为何物，近年有人学会吃了。菜农也有种的了。农贸市场上有很好的苦瓜卖，属于"细菜"，价颇昂。

北京人过去不吃蕹菜，不吃木耳菜，近年也有人爱吃了。

北京人在口味上开放了！

北京人过去就知道吃大白菜。由此可见，大白菜主义是可以被打倒的。

北方人初春吃苣荬菜。苣荬菜分甜荬、苦荬，苦荬相当的苦。

有一个贵州的年轻女演员上我们剧团学戏，她的妈妈不远迢迢给她寄来一包东西，是"择耳根"，或名"则尔根"，即鱼腥草。她让我尝了几根。这是什么东西？苦，倒不要紧，它有一股强烈的生鱼腥味，实在招架不了！

剧团有一干部，是写字幕的，有时也管杂务。此人是个吃辣的专家。他每天中午饭不吃菜，吃辣椒下饭。全国各地的，少数民族的，各种辣椒，他都千方百计地弄来吃，剧团到上海演出，他帮助搞伙食，这下好，不会缺辣椒吃。原以为上海辣椒不好买，他下车第二天就找到一家专卖各种辣椒的铺子。上海人有一些是能吃辣的。

我的吃辣是在昆明练出来的，曾跟几个贵州同学在一起用青辣椒在火上烧烧，蘸盐水下酒。平生所吃辣椒之多矣，什么朝天椒、野山椒，都不在话下。我吃过最辣的辣椒是在越南。一九四七年，由越南转道往上海，在海防街头吃牛肉粉，牛肉极嫩，汤极鲜，辣椒极辣，一碗汤粉，放三四丝辣椒就辣得不行。这种辣椒的颜色是橘黄色的。在川北，听说有一种辣椒本身不能吃，用一根线吊在灶上，汤做得了，把辣椒在汤里涮涮，就辣得不得了。云南佤族有一种辣椒，叫"涮涮辣"，与川北吊在灶上的辣椒大概不相上下。

　　四川不能说是最能吃辣的省份，川菜的特点是辣且麻，——搁很多花椒。四川的小面馆的墙壁上黑漆大书三个字：麻辣烫。麻婆豆腐、干煸牛肉丝、棒棒鸡；不放花椒不行。花椒得是川椒，捣碎，菜做好了，最后再放。

　　周作人说他的家乡整年吃咸极了的咸菜和咸极了的咸鱼，浙东人确实吃得很咸。有个同学，是台州人，到铺子里吃包子，掰开包子就往里倒酱油。口味的咸淡和地域是有关系的。北京人说南甜北咸东辣西酸，大体不错。河北，东北人口重，福建菜多很淡。但这与个人的性格习惯也有关。湖北菜并不咸，但闻一多先生却嫌云南蒙自的菜太淡。

　　中国人过去对吃盐很讲究，如桃花盐、水晶盐，"吴盐胜雪"，现在则全国都吃再制精盐。只有四川人腌咸菜还坚持用自贡产的井盐。

　　我不知道世界上还有什么国家的人爱吃臭。

　　过去上海、南京、汉口都卖油炸臭豆腐干。长沙火宫殿的臭豆腐因为一个大人物年轻时常吃而出名。这位大人物后来还去吃过，说了一句话："火宫殿的臭豆腐还是好吃。""文化大革命"中火宫殿的影壁上就出现了两行大字：

最高指示：
火宫殿的臭豆腐还是好吃。

我们一个同志到南京出差，他的爱人是南京人，嘱咐他带一点臭豆腐干回来。他千方百计，居然办到了。带到火车上，引起一车厢的人强烈抗议。

除豆腐干外，面筋、百叶（千张）皆可臭。蔬菜里的莴苣、冬瓜、豇豆皆可臭。冬笋的老根咬不动，切下来随手就扔进臭坛子里。——我们那里很多人家都有个臭坛子，一坛子"臭卤"。腌芥菜挤下的汁放几天即成"臭卤"。臭物中最特殊的是臭苋菜秆。苋菜长老了，主茎可粗如拇指，高三四尺，截成二寸许小段，入臭坛。臭熟后，外皮是硬的，里面的芯成果冻状。嚼住一头，一吸，芯肉即入口中。这是佐粥的无上妙品。我们那里叫做"苋菜秸子"，湖南人谓之"苋菜咕"，因为吸起来"咕"的一声。

北京人说的臭豆腐指臭豆腐乳。过去是小贩沿街叫卖的："臭豆腐，酱豆腐，王致和的臭豆腐。"臭豆腐就贴饼子，熬一锅虾米皮白菜汤，好饭！现在王致和的臭豆腐用很大的玻璃方瓶装，很不方便，一瓶一百块，得很长时间才能吃完，而且卖得很贵，成了奢侈品。我很希望这种包装能改进，一器装五块足矣。

我在美国吃过最臭的"气死"（干酪），洋人多闻之掩鼻，对我说起来实在没有什么，比臭豆腐差远了。

甚矣，中国人口味之杂也，敢说堪为世界之冠。

载一九九〇年第四期《中国作家》

鱼我所欲也

石　斑

　　我第一次吃石斑鱼是一九四七年，在越南海防一家华侨开的饭馆里。那吃法很别致。一条很大的石斑，红烧，同时上一大盘生的薄荷叶。我仿照邻座人的办法，吃一口石斑鱼，嚼几片薄荷叶。这薄荷可把口中残余的鱼味去掉，再吃第二口，则鱼味常新。这种吃法，国内似没有。越南人爱吃薄荷，华侨饭馆这样的搭配，盖受越南人之影响。

　　石斑鱼有红斑，青斑——即灰鼠斑。灰鼠斑尤为名贵，清蒸最好。

鳜　鱼

　　可以和石斑相媲美的淡水鱼，其谓鳜鱼乎？张志和《渔父》词："西塞山前白鹭飞，桃花流水鳜鱼肥"，一经品题，身价十倍。我的家乡是水乡，产鱼，而以"鳊、白、鳜"为三大鱼名："鳜"是鳜花鱼，即鳜鱼。徐文长以为"鳜"字应作"麂"。"麂"是古代的花毯。鳜花鱼身上有黄黑的斑点，似"麂"。但

"鳜"字今人多不识，如果饭馆的菜单上出现这个字，顾客将不知道这是什么东西。鳜鱼肉细，是蒜瓣肉，刺少，清蒸、氽汤、红烧、糖醋皆宜。苏南饭馆做"松鼠鳜鱼"，甚佳。

一九三八年，我在淮安吃过干炸鯚花鱼。活鳜鱼，重三斤，加花刀，在大油锅中炸熟，外皮酥脆，鱼肉白嫩，蘸花椒盐吃，极妙。和我一同吃的有小叔父汪兰生、表弟董受申。汪兰生、董受申都去世多年了。

鲥鱼·刀鱼·鮰鱼

这都是江鱼。

鲥鱼现在卖到两百多块钱一斤，成了走后门送礼的东西，"吃的人不买，买的人不吃"。

刀鱼极鲜、肉极细，但多刺。金圣叹尝以为刀鱼刺多是人生恨事之一。不会吃刀鱼的人是很容易卡到嗓子的。镇江人以刀鱼煮至稀烂，用纱布滤去细刺，以做汤，下面，即谓"刀鱼面"，很美。

我在江阴读南菁中学时，常常吃到鮰鱼，学校食堂里常做这东西。在江阴是很便宜的。鮰鱼本名鮠鱼，但今人只叫它鮰鱼。鮰鱼大概也能红烧。但我在中学时吃的鮰鱼都是白烧。后来在汉口的璇宫饭店吃的，也是白烧。鮰鱼肉厚，切块放在碗里，没有吃过的人会以为这是鸡块。鮰鱼几乎无刺，大块入口，吃起来很过瘾，宜于馋而懒的人。或说鮰鱼是吃死人的。江里哪有那么多的死人?! 鮰鱼吃鱼，是确实的。凡吃鱼的鱼都好吃，鳜鱼也是吃鱼的。养鱼的池塘里是不能有鳜鱼的，见鳜鱼，即捕去。

黄河鲤鱼

我不爱吃鲤鱼，因为肉粗，且有土腥气，但黄河鲤鱼除外。在河南开封吃过黄河鲤鱼，后来在山东水泊梁山下吃过黄河鲤鱼，名不虚传。辨黄河鲤与非黄河鲤，只需看鲤鱼剖开后内膜是白的还是黑的。白色者是真黄河鲤，黑色者是假货。梁山一带人对鲤鱼很重视，酒席上必须有鲤鱼，"无鱼不成席"。婚宴尤不可少。梁山一带人对即将结婚的青年男女，不说是"等着吃你的喜酒"，而说"等着吃你的鱼！"鲤鱼要吃三斤左右的，价也最贵。《水浒传·吴学究说三阮撞筹》中吴用说他"在一个大财主家做门馆教学，今来要对付十数尾金色鲤鱼，要重十四五斤的"。鲤鱼大到十四五斤，不好吃了，写《水浒》的施耐庵、罗贯中对吃鲤鱼外行。

虎头鲨和昂嗤鱼

虎头鲨和昂嗤鱼原来都是贱鱼，在我的家乡是上不得席的，现在都变得名贵了。

苏州人特重塘鳢鱼，谈起来眉飞色舞。我到苏州一看：嗐，原来就是我们那里的虎头鲨。虎头鲨头大而硬，鳞色微紫，有小黑斑，样子很凶恶，而肉极嫩。我们家乡一般用来汆汤，汤里加醋。昂嗤鱼阔嘴有须，背黄腹白，无背鳍，背上有一根硬骨，捏住硬骨，它会"昂嗤昂嗤"地叫。过去也是汆汤、不放醋，汤白如牛乳。近年家乡兴起炒昂嗤鱼片，谓之"炒金银片"，亦佳。

鳝 鱼

淮安人能做全鳝席，一桌子菜，全是鳝鱼。除了烤鳝背、炝虎尾等等名堂，主要的做法一是炒，二是烧。鳝鱼烫熟切丝再炒，叫做"软兜"；生炒叫炒脆鳝。红烧鳝段叫"火烧马鞍桥"，更粗的鳝段叫"焖张飞"。制鳝鱼都要下大量姜蒜，上桌后撒胡椒，不厌其多。

一九九二年九月十四日
载一九九三年第一期《家庭》

豆 腐

豆腐点得比较老的，为北豆腐。听说张家口地区有一个堡里的豆腐能用秤钩钩起来，扛着秤杆走几十里路。这是豆腐么？点得较嫩的是南豆腐。再嫩即为豆腐脑。比豆腐脑稍老一点的，有北京的"老豆腐"和四川的豆花。比豆腐脑更嫩的是湖南的水豆腐。

豆腐压紧成型，是豆腐干。

卷在白布层中压成大张的薄片，是豆腐片。东北叫干豆腐。压得紧而且更薄的，南方叫百叶或千张。

豆浆锅的表面凝结的一层薄皮撩起晾干，叫豆腐皮，或叫油皮。我的家乡则简单地叫做皮子。

豆腐最简便的吃法是拌。买回来就能拌。或入开水锅略烫，去豆腥气。不可久烫，久烫则豆腐收缩发硬。香椿拌豆腐是拌豆腐里的上上品。嫩香椿头，芽叶未舒，颜色紫赤，嗅之香气扑鼻，入开水稍烫，梗叶转为碧绿，捞出，揉以细盐，候冷，切为碎末，与豆腐同拌（以南豆腐为佳），下香油数滴。一箸入口，三春不忘。香椿头只卖得数日，过此则叶绿梗硬，香气大减。其次是小葱拌豆腐。北京有歇后语："小葱拌豆腐——一青二白。"可见这是北京人家家都吃的小菜。拌豆腐特宜小葱，小葱嫩，香。葱粗如指，以拌豆腐，滋味即减。我和林斤澜在武夷山，住一招待所。斤澜爱吃拌豆腐，招待所每餐皆上拌豆腐一大盘，但与豆腐同拌的是青蒜。青蒜炒回锅肉甚佳，以拌豆腐，配搭不当。北京人有用韭菜花、青椒糊拌豆腐的，这是侉吃法，南方人不敢领教。而南方人吃的松花蛋拌豆腐，北方人也觉得岂有此理。这是一道上海菜，我第一次吃到却是在香港的一家上海饭馆里，是吃阳澄湖大闸蟹之前的一道凉菜。北豆腐、松花蛋切成小骰子块，同拌，无姜汁蒜泥，只少放一点盐而已。好吃么？用上海话说：蛮崭格！用北方话说：旱香瓜——另一个味儿。咸鸭蛋拌豆腐也是南方菜，但必须用敝乡所产"高邮咸蛋"。高邮咸蛋蛋黄色如朱砂，多油，和豆腐拌在一起，红白相间，只是颜色即可使人胃口大开。别处的咸鸭蛋，尤其是北方的，蛋黄色浅，又无油，却不中吃。

烧豆腐大体可分为两大类：用油煎过再加料烧的；不过油煎的。

北豆腐切成厚二分的长方块，热锅温油两面煎。油不必多，因豆腐不吃油。最好用平底锅煎。不要煎得太老，稍结薄壳，表面发皱，即可铲出，是名"虎皮"。用已备好的肥瘦各半熟猪肉，切大片，下锅略煸，加葱、姜、蒜、酱油、绵白糖，兑入原猪肉汤，将豆腐推入，加盖猛火煮二三开，即放小火咕嘟。约十五分钟，收汤，即可装盘。这就是"虎皮豆腐"。如加冬菇、虾米、辣椒及豆豉即是"家乡豆腐"。或加菌油，即是湖南有名的"菌油豆腐"——菌油豆腐也有不用油煎的。

"文思和尚豆腐"是清代扬州有名的素菜，好几本菜谱著录，但我在扬州一带的寺庙和素菜馆的菜单上都没有见到过。不知道文思和尚豆腐是过油煎了的，还是不过油煎的。我无端地觉得是油煎了的，而且无端地觉得是用黄豆芽吊汤，加了上好的口蘑或香蕈、竹笋，用极好秋油，文火熬成。什么时候材料凑手，我将根据想象，试做一次文思和尚豆腐。我的文思和尚豆腐将是素菜荤做，放猪油，放虾籽。

虎皮豆腐切大片，不过油煎的烧豆腐则宜切块，六七分见方。北方小饭铺里肉末烧豆腐，是常备菜。肉末烧豆腐亦称家常豆腐。烧豆腐里的翘楚，是麻婆豆腐。相传有陈婆婆，脸上有几粒麻子，在乡场上摆一个饭摊，挑油的脚夫路过，常到她的饭摊上吃饭，陈婆婆把油桶底下剩的油刮下来，给他们烧豆腐。后来大人先生也特意来吃她烧的豆腐。于是麻婆豆腐名闻遐迩。陈麻婆是个值得纪念的人物，中国烹饪史上应为她大书一笔，因为麻婆豆腐确实很好吃。做麻婆豆腐的要领是：一要油多。二要用牛肉末。我曾做过多次麻婆豆腐，都不是那个味儿，后来才知道我用的是瘦猪肉末。牛肉末不能用猪肉末代替。三是要用郫县豆瓣。豆瓣须剁碎。四是要用文火，俟汤汁渐渐收入豆腐，才起锅。五是起锅时要撒一层川花椒末。一定得用川花椒，即名为"大红袍"者。用山西，河北花椒，味道即差。六是盛出就吃。如果正在喝酒说话，应该把说话的嘴腾出来。麻婆豆腐必须是：麻、辣、烫。

昆明最便宜的小饭铺里有小炒豆腐。猪肉末，肥瘦，豆腐捏碎，同炒，加酱油，起锅时下葱花。这道菜便宜，实惠，好吃。不加酱油而用盐，与番茄同炒，即为番茄炒豆腐。番茄须烫过，撕去皮，炒至成酱，番茄汁渗入豆腐，乃佳。

砂锅豆腐须有好汤，骨头汤或肉汤，小火炖，至豆腐起蜂窝，方好。砂锅鱼头豆腐，用花鲢（即胖头鱼）头，劈为两半，下冬菇、扁尖（腌青笋）、海米，汤清而味厚，非海参鱼翅可及。

"汪豆腐"好像是我的家乡菜。豆腐切成指甲盖大的小薄片，推入虾子酱油汤中，滚几开，勾薄芡，盛大碗中，浇一勺熟猪油，即得。叫做"汪豆腐"，大概因为上面泛着一层油。用勺舀了吃。吃时要小心，不能性急，因为很烫。滚开的豆腐，上面又是滚开的油，吃急了会烫坏舌头。我的家乡人喜欢吃烫的东西，语云："一烫抵三鲜。"乡下人家来了客，大都做一个汪豆腐应急。周巷汪豆腐很有名。我没有到过周巷，周巷汪豆腐好，我想无非是虾子多，油多。近年高邮新出一道名菜：雪花豆腐，用盐，不用酱油。我想给家乡的厨师出个主意：加入蟹白（雄蟹白的油即蟹的精子），这样雪花豆腐就更名贵了。

不知道为什么，北京的老豆腐现在见不着了，过去卖老豆腐的摊子是很多的。老豆腐其实并不老，老，也许是和豆腐脑相对而言。老豆腐的佐料很简单：芝麻酱、腌韭菜末。爱吃辣的浇一勺青椒糊。坐在街边摊头的矮脚长凳上，要一碗老豆腐，就半斤旋烙的大饼，夹一个薄脆，是一顿好饭。

四川的豆花是很妙的东西，我和几个作家到四川旅游，在乐山吃饭。几位作家都去了大馆子，我和林斤澜钻进一家只有穿草鞋的乡下人光顾的小店，一人要了一碗豆花。豆花只是一碗白汤，啥都没有。豆花用筷子夹出来，蘸"味碟"里的作料吃。味碟里主要是豆瓣。我和斤澜各吃了一碗热腾腾的白米饭，很美。豆花汤里或加切碎的青菜，则为"菜豆花"。北京的豆花庄的豆花乃以鸡汤煨成，过于讲究，不如乡坝头的豆花存其本味。

北京的豆腐脑过去浇羊肉口蘑渣熬成的卤。羊肉是好羊肉，口蘑渣是碎黑片蘑，还要加一勺蒜泥水。现在的卤，羊肉极少，不放口蘑，只是一锅稠糊糊的酱油黏汁而已。即便是过去浇卤的豆腐脑，我觉得也不如我们家乡的豆腐脑。我们那里的豆腐脑温在紫铜扁钵的锅里，用紫铜平勺盛在碗里，加秋油、滴醋、一点点麻油，小虾米、榨菜末、芹菜（药芹即水芹菜）末。清清爽爽，而多滋味。

中国豆腐的做法多矣，不胜记载。四川作家高缨请我们在乐山的山上吃过一次豆腐宴，豆腐十好几样，风味各别，不相雷同。特别是豆腐的质量极好。掌勺的老师傅从磨豆腐到烹制，都是亲自为之，绝不假手旁人。这一顿豆腐宴可称寰中一绝！

豆腐干南北皆有。北京的豆腐干比较有特点的是熏干。熏干切长片拌芹菜，很好。熏干的烟熏味和芹菜的芹菜香相得益彰。花干、苏州干是从南边传过来的，北京原先没有。北京的苏州干只是用味精取鲜，苏州的小豆腐干是用酱油、糖、冬菇汤煮出后晾得半干的，味长而耐嚼。从苏州上车，买两包小豆腐干，可以一直嚼到郑州。香干亦称茶干。我在小说《茶干》中有较细的描述：

> ……豆腐出净渣，装在一个小蒲包里，包口扎紧，入锅，码好，投料，加上好香油，上面用石头压实，文火煨煮，要煮很长时间。煮得了，再一块一块从蒲包里倒出来，这种茶干是圆形的，周围较厚、中间较薄，周身有蒲包压出来的细纹，……这种茶干外皮是深紫色的，掰了，里面是浅褐色的。很结实，嚼起来很有咬劲，越嚼越香，是佐茶的妙品，所以，叫做"茶干"。

茶干原出界首镇，故称"界首茶干"。据说乾隆南巡，过界首，曾经品尝过。

干丝是淮扬名菜。大方豆腐干，快刀横披为片，刀工好的师傅一块豆腐干能片十六片；再立刀切为细丝。这种豆腐干是特制的，极坚致，切丝不断，又绵软，易吸汤汁。旧本只有拌干丝。干丝入开水略煮，捞出后装高足浅碗，浇麻油酱醋。青蒜切寸段，略焯，五香花生米搓去皮，同拌，尤妙。煮干丝的兴起也就是五六十年的事。干丝母鸡汤煮，加开阳（大虾米），火腿丝。

我很留恋拌干丝，因为味道清爽，现在只能吃到煮干丝了。干丝本不是"菜"，只是吃包子烧卖的茶馆里，在上点心之前喝茶时的闲食。现在则是全国各地淮扬菜系的饭馆里都预备了。我在北京常做煮干丝，成了我们家的保留节目。北京很少遇到大白豆腐干，只能用豆腐片或百叶切丝代替。口感稍差，味道却不逊色，因为我的煮干丝里下了干贝。煮干丝没有什么诀窍，什么鲜东西都可往里搁。干丝上桌前要放细切的姜丝，要嫩姜。

臭豆腐是中国人的一大发明。我在上海、武汉都吃过。长沙火宫殿的臭豆腐毛泽东年轻时常去吃。后来回长沙，又特意去吃了一次，说了一句话："火宫殿的臭豆腐还是好吃。"这就成了"最高指示"，写在照壁上。火宫殿的臭豆腐遂成全国第一。油炸臭豆腐干，宜放辣椒酱、青蒜。南京夫子庙的臭豆腐干是小方块，用竹签像冰糖葫芦似的串起来卖，一串八块。昆明的臭豆腐不用油炸，在炭火盆上搁一个铁篦子，臭豆腐干放在上面烤焦，别有风味。

在安徽屯溪吃过霉豆腐，长条豆腐，长了二寸长的白色的绒毛，在平底锅中煎熟，蘸酱油辣椒青蒜吃。凡到屯溪者，都要去尝尝。

豆腐乳各地都有。我在江西进贤参加土改，那里的农民家家都做腐乳。进贤原来很穷，没有什么菜吃，顿顿都用豆腐乳下饭。做豆腐乳，放大量辣椒面，还放柚子皮，味道非常强烈，广西桂林、四川忠县、云南路南所出豆腐乳都很有名，各有特点。腐乳肉是苏州松鹤楼的名菜，肉味浓醇，入口即化。广东点心很多都放豆腐乳，叫做"南乳ＸＸ饼"。

南方人爱吃百叶。百叶结烧肉是宁波、上海人家常吃的菜。上海老城隍庙的小吃店里卖百叶结：百叶包一点肉馅，打成结，煮在汤里，要吃，随时盛一碗。一碗也就是四五只百叶结。北方的百叶缺韧性，打不成结，一打结就断。百叶可入臭卤中腌臭，谓之"臭千张"。

杭州知味观有一道名菜：炸响铃。豆腐皮（如过干，要少润一点水），瘦肉剁成细馅，加葱花细姜末，入盐，把肉馅包在豆腐皮内，成一卷，用刀剁成寸许长的小段，下油锅炸得馅熟皮酥，即可捞出。油温不可太高，太高豆皮易煳。这菜嚼起来发脆响，形略似铃，故名响铃。做法其实并不复杂。肉剁极碎，成泥状（最好用刀背剁），平摊在豆腐皮上，折叠起来，如小钱包大，入油炸，亦佳。不入油炸，而以酱油冬菇汤煮，豆皮层中有汁，甚美。北京东安市场拐角处1949年前有一家肉店宝华春，兼卖南味熟肉，卖一种酒菜：豆腐皮切细条，在酱肉汤中煮透，捞出，晾至微干，很好吃，不贵。现在宝华春已经没有了。豆腐皮可做汤。炖酥腰（猪腰炖汤）里放一点豆腐皮，则汤色雪白。

贴秋膘

　　人到夏天，没有什么胃口，饭食清淡简单，芝麻酱面（过水，抓一把黄瓜丝，浇点花椒油）；烙两张葱花饼，熬点绿豆稀粥……两三个月下来，体重大都要减少一点。秋风一起，胃口大开，想吃点好的，增加一点营养，补偿补偿夏天的损失，北方人谓之"贴秋膘"。

　　北京人所谓"贴秋膘"有特殊的含义，即吃烤肉。

　　烤肉大概源于少数民族的吃法。日本人称烤羊肉为"成吉思汗料理"（青木正《中华腌菜谱》里提到），似乎这是蒙古人的东西。但我看《元朝秘史》，并没有看到烤肉。成吉思汗当然是吃羊肉的，"秘史"里几次提到他到了一个什么地方，吃了一只"双母乳的羊羔"。羊羔而是"双母乳"（两只母羊喂奶）的，想必十分肥嫩。一顿吃一只羊羔，这食量是够可以的。但似乎只是白煮，即便是烤，也会是整只的烤，不会像北京的烤肉一样。如果是北京的烤肉，他吃起来大概也不耐烦，觉得不过瘾。我去过内蒙古几次，也没有在草原上吃过烤肉。那么，这是不是蒙古料理，颇可存疑。北京卖烤肉的，都是回民馆子。"烤肉宛"原来有齐白石写的一块小匾，写得明白："清真烤肉宛"，这块匾是写在宣纸上的，嵌在镜框里，字写得很好，后面还加了两行注脚："诸书无烤字，应人所请自我作古。"我曾写信问过语言文字学家朱德熙，是不是古代没有"烤"字，德熙复信说古代字书上确实没有这个字。看来"烤"字是近代人造出来的字了。这是不是回民的吃法？我到过回民集中的兰州，到过新疆的乌鲁木齐、伊犁、吐鲁番，都没有见到如北京烤肉一样的烤肉。烤羊肉串是到处有的，但那是另外一种。北京的烤肉起源于何时，原是哪个民族的，已不可考。反正它已经在北京生根落户，成了北京"三烤"（烤肉，烤鸭，烤白薯）之一，是"北京吃儿"的代表作了。

北京烤肉是在"炙子"上烤的。"炙子"是一根一根铁条钉成的圆板，下面烧着大块的劈柴，松木或果木。羊肉切成薄片（也有烤牛肉的，少），由堂倌在大碗里拌好佐料——酱油，香油，料酒，大量的香菜，加一点水，交给顾客，由顾客用长筷子平摊在炙子上烤。"炙子"的铁条之间有小缝，下面的柴烟火气可以从缝隙中透上来，不但整个"炙子"受火均匀，而且使烤着的肉带柴木清香；上面的汤卤肉屑又可填入缝中，增加了烤炙的焦香。过去吃烤肉都是自己烤。因为炙子颇高，只能站着烤，或一只脚踩在长凳上。大火烤着，外面的衣裳穿不住，大都脱得只穿一件衬衫。足蹬长凳，解衣磅礴，一边大口地吃肉，一边喝白酒，很有点剽悍豪霸之气。满屋子都是烤炙的肉香，这气氛就能使人增加三分胃口。平常食量，吃一斤烤肉，问题不大。吃斤半，二斤，二斤半的，有的是。自己烤，嫩一点，焦一点，可以随意。而且烤本身就是个乐趣。

北京烤肉有名的三家：烤肉季，烤肉宛，烤肉刘。烤肉宛在宣武门里，我住在国会街时，几步就到了，常去。有时懒得去等炙子（因为顾客多，炙子常不得空），就派一个孩子带个饭盒烤一饭盒，买几个烧饼，一家子一顿饭，就解决了。烤肉宛去吃过的名人很多。除了齐白石写的一块匾，还有张大千写的一块。梅兰芳题了一首诗，记得第一句是"宛家烤肉旧驰名"，字和诗当然是许姬传代笔。烤肉季在什刹海，烤肉刘在虎坊桥。

从前北京人有到野地里吃烤肉的风气。玉渊潭就是个吃烤肉的地方。一边看看野景，一边吃着烤肉，别是一番滋味。听玉渊潭附近的老住户说，过去一到秋天，老远就闻到烤肉香味。

北京现在还能吃到烤肉，但都改成由服务员代烤了端上来，那就没劲了。我没有去过。内蒙古也有"贴秋膘"的说法，我在呼和浩特就听到过。不过似乎只是汉族干部或说汉语的蒙古族干部这样说。蒙古语有没有这说法，不知道。呼市的干部很愿意秋天"下去"考察工作或调查材料。别人就会说："哪里是去考察，调查，是去'贴秋膘'去了。"呼市干部所说"贴秋膘"是说下去吃羊肉去了。但不是去吃烤肉，而是去吃手把羊肉。到了草原，少不了要吃几顿羊肉。有客人来，杀一只羊，这在牧民实在不算什么。关于手把羊肉，我曾写过一篇文章，收入《蒲桥集》，兹不重述。那篇文章漏了一句很重要的话，即羊肉要秋天才好吃，大概要到阴历九月，羊才上膘，才肥。羊上了膘，人才可以去"贴"。

载一九九三年《中国美食家》试刊号

韭菜花

　　五代杨凝式是由唐代的颜柳欧褚到宋四家苏黄米蔡之间的一个过渡人物。我很喜欢他的字。尤其是《韭花帖》。不但字写得好，文章也极有风致。文不长，录如下：

> 　　昼寝乍兴，朝饥正甚，忽蒙简翰，猥赐盘飧。当一叶报秋之初，乃韭花逞味之始。助其肥羜（zhù 音柱）实谓珍羞。充腹之余，铭肌载切，谨修状陈谢，伏维鉴察，谨状。
>
> 七月十一日凝式状

　　使我兴奋的是：

　　一、韭花见于法帖，此为第一次，也许是唯一的一次。此帖即以"韭花"名，且文字完整，全篇可读，读之如今人语，至为亲切。我读书少，觉韭花见之于"文学作品"，这也是头一回。韭菜花这样的虽说极平常，但极有味的东西，是应该出现在文学作品里的。

　　二、杨凝式是梁、唐、晋、汉、周五朝元老，官至太子太保，是个"高干"，但是收到朋友赠送的一点韭菜花，却是那样的感激，正儿八经地写了一封信（杨凝式多作草书，黄山谷说："谁知洛阳杨风子，下笔便到乌丝阑"，《韭花帖》却是行楷），这使我们想到这位太保在口味上和老百姓的离脱不大。彼时亲友之间的馈赠，也不过是韭菜花这样的东西。今天，恐怕是不行的了。

三、这韭菜花不知道是怎样做成的，是清炒的，还是腌制的？但是看起来是配着羊肉一起吃的。"助其肥羜"，"羜"是出生五个月的小羊，杨凝式所吃的未必真是五个月的羊羔子，只是因为《诗·小雅·伐木》有"既有肥羜"的成句，就借用了吧。但是以韭花与羊肉同食，却是可以肯定的。北京现在吃涮羊肉，缺不了韭菜花，或以为这办法来自蒙古或西域回族，原来中国五代时已经有了。杨凝式是陕西人，以韭菜花蘸羊肉吃，盖始于中国西北诸省。

北京的韭菜花是腌了后磨碎了的，带汁。除了是吃涮羊肉必不可少的调料外，就这样单独地当咸菜吃也是可以的。熬一锅虾米皮大白菜，佐以一碟韭菜花，或臭豆腐，或卤虾酱，就着窝头、贴饼子，在北京的小家户，就是一顿不错的饭食。从前在科班里学戏，给饭吃，但没有菜，韭菜花、青椒糊、酱油，拿开水在大木桶里一沏，这就是菜。韭菜花很便宜，拿一只空碗，到油盐店去，三分钱、五分钱，售货员就能拿铁勺子舀给你多半勺。现在都改成用玻璃瓶装，不卖零，一瓶要一块多钱，很贵了。

过去有钱的人家自己腌韭菜花，以韭花和沙果、京白梨一同治为碎齑，那就很讲究了。

云南的韭菜花和北方的不一样。昆明韭菜花和曲靖韭菜花不同。昆明韭菜花是用酱腌的，加了很多辣子。曲靖韭菜花是白色的，乃以韭花和切得极细的、风干了的萝卜丝同腌成，很香，味道不很咸而有一股说不出来淡淡的甜味。曲靖韭菜花装在一个浅白色的茶叶筒似的陶罐里。凡到曲靖的，都要带几罐送人。我常以为曲靖韭菜花是中国咸菜里的"神品"。

我的家乡是不懂得把韭菜花腌了来吃的，只是在韭花还是骨朵儿，尚未开放时，连同掐得动的嫩薹，切为寸段，加瘦猪肉，炒了吃，这是"时菜"，过了那几天，菜薹老了，就没法吃了，做虾饼，以爆炒的韭菜骨朵儿衬底，美不可言。

载一九八九年第一期《三月风》

豆汁儿

没有喝过豆汁儿，不算到过北京。

小时看京剧《豆汁记》（即《鸿鸾禧》，又名《金玉奴》，一名《棒打薄情郎》），不知"豆汁"为何物，以为即是豆腐浆。

到了北京，北京的老同学请我吃了烤鸭、烤肉、涮羊肉，问我："你敢不敢喝豆汁儿？"我是个"有毛的不吃掸子，有腿的不吃板凳，大荤不吃死人，小荤不吃苍蝇"的，喝豆汁儿，有什么不"敢"？他带我去一家小吃店，要了两碗，警告我说："喝不了，就别喝。有很多人喝了一口就吐了。"我端起碗来，几口就喝完了。我那同学问："怎么样？"我说："再来一碗。"

豆汁儿是制造绿豆粉丝的下脚料。很便宜。过去卖生豆汁儿的，用小车推一个有盖的木桶，串背街、胡同。不用"唤头"（招徕顾客的响器），也不吆唤。因为每天串到哪里，大都有准时候。到时候，就有女人提了一个什么容器出来买。有了豆汁儿，这天吃窝头就可以不用熬稀粥了。这是贫民食物。《豆汁记》的金玉奴的父亲金松是"杆儿上的"（叫花头），所以家里有吃剩的豆汁儿，可以给莫稽盛一碗。

卖熟豆汁儿的，在街边支一个摊子。一口铜锅，锅里一锅豆汁，用小火熬着。熬豆汁儿只能用小火，火大了，豆汁儿一翻大泡，就"澥"了。豆汁儿摊上备有辣咸菜丝——水疙瘩切细丝浇辣椒油、烧饼、焦圈——类似油条，但作成圆圈，焦脆。卖力气的，走到摊边坐下，要几套烧饼焦圈，来两碗豆汁儿，就一点辣咸菜，就是一顿饭。

豆汁儿摊上的咸菜是不算钱的。有保定老乡坐下，掏出两个馒头，问"豆汁儿多少钱一碗"，卖豆汁儿的告诉他，"咸菜呢?"——"咸菜不要钱。"——"那给我来一碟咸菜。"

常喝豆汁儿，会上瘾。北京的穷人喝豆汁儿，有的阔人家也爱喝。梅兰芳家有一个时候，每天下午到外面端一锅豆汁儿，全家大小，一人喝一碗。豆汁儿是什么味儿?这可真没法说。这东西是绿豆发了酵的，有股子酸味。不爱喝的说是像泔水，酸臭。爱喝的说：别的东西不能有这个味儿——酸香!这就跟臭豆腐和启司一样，有人爱，有人不爱。

豆汁儿沉底，干糊糊的，是麻豆腐。羊尾巴油炒麻豆腐，加几个青豆嘴儿（刚出芽的青豆），极香。这家这天炒麻豆腐，煮饭时得多量一碗米，——每人的胃口都开了。

八月十六日

寻常茶话

袁鹰编《清风集》约稿。我对茶实在是个外行。茶是喝的，而且喝得很勤，一天换三次叶子。每天起来第一件事，便是坐水，沏茶。但是毫不讲究。对茶叶不挑剔。青茶、绿茶、花茶、红茶、沱茶、乌龙茶，但有便喝。茶叶多是别人送的，喝完了一筒，再开一筒，喝完了碧螺春，第二天就可以喝蟹爪水仙。但是不论什么茶，总得是好一点的。太次的茶叶，便只好留着煮茶叶蛋。《北京人》里的江泰认为喝茶只是"止渴生津利小便"，我以为还有一种功能，是：提神。《陶庵梦忆》记闵老子茶，说得神乎其神。我则有点像董日铸，以为"浓、热、满三字尽茶理"。我不喜欢喝太烫的茶，沏茶也不爱满杯。我的家乡认为客人斟茶斟酒"酒要满，茶要浅"，茶斟得太满是对客人不敬，甚至是骂人。于是就只剩下一个字：浓。我喝茶是喝得很酽的。常在机关开会，有女同志尝了我的一口茶，说是"跟药一样"。因此，写不出关于茶的文章。要写，也只是些平平常常的话。

我读小学五年级那年暑假，我的祖父不知怎么忽然高了兴，要教我读书。"穿堂"的左侧有两间空屋。里间是佛堂，挂了一幅丁云鹏画的佛像，佛的袈裟是朱红的。佛像下，是一尊乌斯藏铜佛。我的祖母每天早晚来烧一炷香。外间本是个贮藏室，房梁上挂着干菜，干的粽叶。靠墙有一缸"臭卤"，面筋、百叶、笋头、苋菜秸都放在里面臭。临窗设一方桌，便是我的书桌。祖父每天早晨来讲《论语》一章，剩下的时间由我自己写大小字各一张。大字写《圭峰碑》，小字写《闲邪公家传》，都是祖父从他的藏帖里拿来给我的。隔日作文一篇。还不是正式的八股，是一种叫做"义"的文体，只是解释《论语》的内容。题目是祖父出的。我共做了多少篇"义"，已经不记得了。只记得有一题是"孟子反不伐义"。

祖父生活俭省，喝茶却颇考究。他是喝龙井的，泡在一个深栗色的扁肚子的宜兴砂壶里，用一个细瓷小杯倒出来喝。他喝茶喝得很酽，一次要放多半壶茶叶。喝得很慢，喝一口，还得回味一下。

他看看我的字，我的"义"，有时会另拿一个杯子，让我喝一杯他的茶。真香。从此我知道龙井好喝，我的喝茶浓酽，跟小时候的熏陶也有点关系。

后来我到了外面，有时喝到龙井茶，会想起我的祖父，想起孟子反。

我的家乡有"喝早茶"的习惯，或者叫做"上茶馆"。上茶馆其实是吃点心、包子、蒸饺、烧卖、千层糕……茶自然是要喝的。在点心未端来之前，先上一碗干丝。我们那里原先没有煮干丝，只有烫干丝。干丝在一个敞口的碗里堆成塔状，临吃，堂倌把装在一个茶杯里的作料——酱油、醋、麻油浇入。喝热茶、吃干丝，一绝！

抗日战争时期，我在昆明住了七年，几乎天天泡茶馆。"泡茶馆"是西南联大学生特有的说法。本地人叫做"坐茶馆"，"坐"，本有消磨时间的意思，"泡"则更胜一等。这是从北京带过去的一个字。"泡"者，长时间地沉溺其中也，与"穷泡""泡蘑菇"的"泡"是同一语源。联大学生在茶馆里往往一泡就是半天。干什么的都有。聊天、看书、写文章。有一位教授在茶馆是读梵文。有一位研究生，可称泡茶馆的冠军。此人姓陆，是一怪人。他曾经徒步旅行了半个中国，读书甚多，而无所著述，不爱说话。他简直是"长"在茶馆里。上午、下午、晚上，要一杯茶，独自坐着看书。他连漱洗用具都放在一家茶馆里，一起来就到茶馆里洗脸刷牙。听说他后来流落在四川，穷困潦倒而死，悲夫！

昆明茶馆里卖的都是青茶，茶叶不分等次，泡在盖碗里。文林街后来开了家"摩登"茶馆，用玻璃杯卖绿茶、红茶——滇红、滇绿。滇绿色如生青豆，滇红色似"中国红"葡萄酒，茶叶都很厚。滇红尤其经泡，三开之后，还有茶色。我觉得滇红比祁（门）红、英（德）红都好，这也许是我的偏见。当然比斯里兰卡的"利普顿"要差一些——有人喝不来"利普顿"，说是味道很怪。人之好恶，不能勉强。我在昆明喝过大烤茶。把茶叶放在粗陶的烤茶罐里，放在炭火上烤得半焦，倾入滚水，茶香扑人。几年前在大理街头看到有烤茶缸卖，犹豫一下，没有买。买了，放在煤气灶上烤，也不会有那样的味道。

一九四六年冬，开明书店在绿杨邨请客。饭后，我们到巴金先生家喝工夫茶。几个人围着浅黄色的老式圆桌，看陈蕴珍（萧珊）"表演"濯器、炽炭、注水、淋壶、筛茶。每人喝了三小杯。我第一次喝工夫茶，印象深刻。这茶太酽了，只能喝三小杯。在座的除巴先生夫妇，有靳以、黄裳。一转眼，四十三年了。靳以、萧珊都不在了。巴老衰病，大概也没有喝一次工夫茶的兴致了。那套紫砂茶具大概也不在了。

我在杭州喝过一杯好茶。

一九四七年春，我和几个在一个中学教书的同事到杭州去玩。除了"西湖景"，使我难忘的两样方物，一是醋鱼带把。所谓"带把",是把活草鱼脊肉剔下来,快刀切为薄片,其薄如纸,浇上好秋油,生吃。鱼肉发甜,鲜脆无比。我想这就是中国古代的"切脍"。一是在虎跑喝的一杯龙井。真正的狮峰龙井雨前新芽,每蕾皆一旗一枪,泡在玻璃杯里,茶叶皆直立不倒,载浮载沉,茶色颇淡,但入口香浓,直透肺腑,真是好茶!只是太贵了。一杯茶,一块大洋,比吃一顿饭还贵。狮峰茶名不虚,但不得虎跑水不可能有这样的味道。我自此才知道,喝茶,水是至关重要的。

我喝过的好水有昆明的黑龙潭泉水。骑马到黑龙潭,疾驰之后,下马到茶馆里喝一杯泉水泡的茶,真是过瘾。泉就在茶馆檐外地面,一个正方的小池子,看得见泉水咕嘟咕嘟往上冒。井冈山的水也很好,水清而滑。有的水是"滑"的,"温泉水滑洗凝脂"并非虚语。井冈山水洗被单,越洗越白;以之泡"狗古脑"茶,色味俱发,不知道水里含了什么物质。天下第一泉、第二泉的水,我没有喝出什么道理。济南号称泉城,但泉水只能供观赏,以之泡茶,不觉得有什么特点。

有些地方的水真不好。比如盐城。盐城真是"盐城",水是咸的。中产以上人家都吃"天落水"。下雨天,在天井上方张了布幕,以接雨水,存在缸里,备烹茶用。最不好吃的水是菏泽。菏泽牡丹甲天下,因为菏泽土中含碱,牡丹喜碱性土。我们到菏泽看牡丹,牡丹极好,但是茶没法喝。不论是青茶、绿茶,沏出来一会儿就变成红茶了,颜色深如酱油,入口咸涩,由菏泽往梁山,住进招待所后,第一件事便是赶紧用不带碱味的甜水沏一杯茶。

老北京早起都要喝茶,得把茶喝"通"了,这一天才舒服。无论贫富,皆如此。一九四八年我在午门历史博物馆工作。馆里有几位看守员,岁数都很大了。他们上班后,都是先把带来的窝头片在炉盘上烤上，然后轮流用水氽坐水沏茶。茶喝足了，才到午门城楼的展览室里去坐着。他们喝的都是花茶。北京人爱喝花茶，以为只有花茶才算是茶（很多人把茉莉花叫做"茶叶花"）。我不太喜欢花茶，但好的花茶例外，比如老舍先生家的花茶。

老舍先生一天离不开茶。他到莫斯科开会，俄罗斯人知道中国人爱喝茶，倒是特意给他预备了一个热水壶。可是，他刚沏了一杯茶，还没喝几口，一转脸，服务员就给倒了。老舍先生很愤慨地说："他不知道中国人喝茶是一天喝到晚的！"一天喝茶喝到晚，也许只有中国人如此。外国人喝茶都是论"顿"的，难怪那位服务员看到多半杯茶放在那里，以为老先生已经喝完了，不要了。

龚定庵以为碧螺春天下第一。我曾在苏州东山的"雕花楼"喝过一次新采的碧螺春。"雕花楼"原是一个华侨富商的住宅，楼是进口的硬木造的，到处都雕了花，八仙庆寿、福禄寿三星、龙、凤、牡丹……真是集恶俗之大成。但碧螺春真是好。不过茶是泡在大碗里的，我觉得这有点煞风景。后来问陆文夫，文夫说碧螺春就是讲究用大碗喝的。茶极细，器极粗，亦怪！

在湖南桃源喝过一次擂茶。茶叶、老姜、芝麻、米、加盐放在一个擂钵里，用硬木的擂棒"擂"成细末，用开水冲开，便是擂茶。我在《湘行二记》中对擂茶有较详细的叙述，为省篇幅，不再抄引。

茶可入馔，制为食品。杭州有龙井虾仁，想不恶。裘盛戎曾用龙井茶包饺子，可谓别出心裁。日本有茶粥。《俳人的食物》说俳人小聚，食物极简单，但"惟茶粥"一品，万不可少。茶粥是啥样的呢？我曾用粗茶叶煎汁，加大米熬粥，自以为这便是"茶粥"了。有一阵子，我每天早起喝我所发明的茶粥，自以为很好喝。四川的樟茶鸭子乃以柏树枝、樟树叶及茶叶为熏料，吃起来有茶香而无茶味。曾吃过一块龙井茶心的巧克力，这简直是恶作剧！用上海人的话说：巧克力与龙井茶实在完全"弗搭界"。

一九八九年九月十六日

故乡的食物

炒米和焦屑

　　小时读《板桥家书》："天寒冰冻时暮，穷亲戚朋友到门，先泡一大碗炒米送手中，佐以酱姜一小碟，最是暖老温贫之具"，觉得很亲切。郑板桥是兴化人，我的家乡是高邮，风气相似。这样的感情，是外地人们不易领会的。炒米是各地都有的。但是很多地方都做成了炒米糖。这是很便宜的食品。孩子买了，咯咯地嚼着。四川有"炒米糖开水"，车站码头都有得卖，那是泡着吃的。但四川的炒米糖似也是专业的作坊做的，不像我们那里。我们那里也有炒米糖，像别处一样，切成长方形的一块一块。也有搓成圆球的，叫作"欢喜团"。那也是作坊里做的。但通常所说的炒米，是不加糖黏结的，是"散装"的；而且不是作坊里做出来，是自己家里炒的。

　　说是自己家里炒，其实是请了人来炒的。炒炒米要点手艺，并不是人人都会的。入了冬，大概是过了冬至吧，有人背了一面大筛子，手持长柄的铁铲，大街小巷地走，这就是炒炒米的。有时带一个助手，多半是个半大孩子，是帮他烧火的。请到家里来，管一顿饭，给几个钱，炒一天。或二斗，或半石；像我们家人口多，一次得炒一石糯米。炒炒米都是把一年所需一次炒齐，没有零零碎碎炒的。过了这个季节，再找炒炒米的也找不着。一炒炒米，就让人觉得，快要过年了。

装炒米的坛子是固定的，这个坛子就叫"炒米坛子"，不作别的用途。舀炒米的东西也是固定的，一般人家大都是用一个香烟罐头。我的祖母用的是一个"柚子壳"。柚子，——我们那里柚子不多见，从顶上开一洞，把里面的瓤掏出来，再塞上米糠，风干，就成了一个硬壳的钵状的东西。她用这个柚子壳用了一辈子。

我父亲有一个很怪的朋友，叫张仲陶。他很有学问，曾教我读过《项羽本纪》。他薄有田产，不治生业，整天在家研究易经，算卦。他算卦用蓍草。全城只有他一个人用蓍草算卦。据说他有几卦算得极灵。有一家丢了一只金戒指，怀疑是女佣偷了。这女佣人蒙了冤枉，来求张先生算一卦。张先生算了，说戒指没有丢，在你们家炒米坛盖子上。一找，果然。我小时就不大相信，算卦怎么能算得这样准，怎么能算得出在炒米坛盖子上呢？不过他的这一卦说明了一件事，即我们那里炒米坛子是几乎家家都有的。

炒米这东西实在说不上有什么好吃。家常预备，不过取其方便。用开水一泡，马上就可以吃。在没有什么东西好吃的时候，泡一碗，可代早晚茶。来了平常的客人，泡一碗，也算是点心。郑板桥说："穷亲戚朋友到门，先泡一大碗炒米送手中"，也是说其省事，比下一碗挂面还要简单。炒米是吃不饱人的。一大碗，其实没有多少东西。我们那里吃泡炒米，一般是抓上一把白糖，如板桥所说"佐以酱姜一小碟"，也有，少。我现在岁数大了，如有人请我吃泡炒米，我倒宁愿来一小碟酱生姜，——最好滴几滴香油，那倒是还有点意思的。另外还有一种吃法，用猪油煎两个嫩荷包蛋——我们那里叫作"蛋瘪子"，抓一把炒米和在一起吃。这种食品是只有"惯宝宝"才能吃得到的。谁家要是老给孩子吃这种东西，街坊就会有议论的。

我们那里还有一种可以急就的食品，叫作"焦屑"。煳锅巴磨成碎末，就是焦屑。我们那里，餐餐吃米饭，顿顿有锅巴。把饭铲出来，锅巴用小火烘焦，起出来，卷成一卷，存着。锅巴是不会坏的，不发馊，不长霉，攒够一定的数量，就用一具小石磨磨碎，放起来。焦屑也像炒米一样，用开水冲冲，就能吃了，焦屑调匀后成糊状，有点像北方的炒面，但比炒面爽口。

我们那里的人家预备炒米和焦屑，除了方便，原来还有一层意思，是应急。在不能正常煮饭时，可以用来充饥。这很有点像古代行军用的"糒"。有一年，记不得是哪一年，总之是我还小，还在上小学，党军（国民革命军）和联军（孙传芳的军队）在我们县境内开了仗，很多人都躲进了红十字会。不知道出于一种什么信念，大家都以为红十字会是哪一方的军队都不能打进去的，进了红十字会就安全了。红十字会设在炼阳观，这是一个道士观。我们一家带了一点行李进了炼阳观。祖母指挥着，特别关照，把一坛炒米和一坛焦屑带了去。我对这种打破常规的生活极感兴趣。晚上，爬到吕祖楼上去，看双方军队枪炮的火光在东北面不知什么地方一阵一阵地亮着，觉得有点紧张，也很好玩。很多人家住在一起，不能煮饭，这一晚上，我们是冲炒米、泡焦屑度过的。没有床铺，我把几个道士诵经用的蒲团拼起来，在上面睡了一夜。这实在是我小时候度过的一个浪漫主义的夜晚。

第二天，没事了，大家就都回家了。

炒米和焦屑和我家乡的贫穷和长期的动乱是有关系的。

端午的鸭蛋

　　家乡的端午，很多风俗和外地一样。系百索子。五色的丝线拧成小绳，系在手腕上。丝线是掉色的，洗脸时沾了水，手腕上就印得红一道绿一道的。做香角子。丝线缠成小粽子，里头装了香面，一个一个串起来，挂在帐钩上。贴五毒。红纸剪成五毒，贴在门坎上。贴符。这符是城隍庙送来的。城隍庙的老道士还是我的寄名干爹，他每年端午节前就派小道士送符来，还有两把小纸扇。符送来了，就贴在堂屋的门楣上。一尺来长的黄色、蓝色的纸条，上面用朱笔画些莫名其妙的道道，这就能辟邪么？喝雄黄酒。用酒和的雄黄在孩子的额头上画一个王字，这是很多地方都有的。有一个风俗不知别处有不：放黄烟子。黄烟子是大小如北方的麻雷子的炮仗，只是里面灌的不是硝药，而是雄黄。点着后不响，只是冒出一股黄烟，能冒好一会。把点着的黄烟子丢在橱柜下面，说是可以熏五毒。小孩子点了黄烟子，常把它的一头抵在板壁上写虎字。写黄烟虎字笔画不能断，所以我们那里的孩子都会写草书的"一笔虎"。还有一个风俗，是端午节的午饭要吃"十二红"，就是十二道红颜色的菜。十二红里我只记得有炒红苋菜、油爆虾、咸鸭蛋，其余的都记不清，数不出了。也许十二红只是一个名目，不一定真凑足十二样。不过午饭的菜都是红的，这一点是我没有记错的，而且，苋菜、虾、鸭蛋，一定是有的。这三样，在我的家乡，都不贵，多数人家是吃得起的。

　　我的家乡是水乡。出鸭。高邮大麻鸭是著名的鸭种。鸭多，鸭蛋也多。高邮人也善于腌鸭蛋。高邮咸鸭蛋于是出了名。我在苏南、浙江，每逢有人问起我的籍贯，回答之后，对方就会肃然起敬："哦！你们那里出咸鸭蛋！"上海的卖腌腊的店铺里也卖咸鸭蛋，必用纸条特别标明："高邮咸蛋"。高邮还出双黄鸭蛋。别处鸭蛋也偶有双黄的，但不如高邮的多，可以成批输出。双黄鸭蛋味道其实无特别处。还不就是个鸭蛋！只是切开之后，里面圆圆的两个黄，使人惊奇不已。我对异乡人称道高邮鸭蛋，是不大高兴的，好像我们那穷地方就出鸭蛋似的！不过高邮的咸鸭蛋，确实是好，我走的地方不少，所食鸭蛋多矣，但和我家乡的完全不能相比！曾经沧海难为水，他乡咸鸭蛋，我实在瞧不上。袁枚的《随园食单·小菜单》有"腌蛋"一条。袁子才这个人我不喜欢，他的《食单》好些菜的做法是听来的，他自己并不会做菜。但是《腌蛋》这一条我看后却觉得很亲切，而且"与有荣焉"。文不长，录如下：

> 腌蛋以高邮为佳，颜色细而油多，高文端公最喜食之。席间，先夹取以敬客，放盘中。总宜切开带壳，黄白兼用；不可存黄去白，使味不全，油亦走散。

高邮咸蛋的特点是质细而油多。蛋白柔嫩，不似别处的发干、发粉，入口如嚼石灰。油多尤为别处所不及。鸭蛋的吃法，如袁子才所说，带壳切开，是一种，那是席间待客的办法。平常食用，一般都是敲破"空头"用筷子挖着吃。筷子头一扎下去，吱——红油就冒出来了。高邮咸蛋的黄是通红的。苏北有一道名菜，叫作"朱砂豆腐"，就是用高邮鸭蛋黄炒的豆腐。我在北京吃的咸鸭蛋，蛋黄是浅黄色的，这叫什么咸鸭蛋呢！

端午节，我们那里的孩子兴挂"鸭蛋络子"。头一天，就由姑姑或姐姐用彩色丝线打好了络子。端午一早，鸭蛋煮熟了，由孩子自己去挑一个，鸭蛋有什么可挑的呢？有！一要挑淡青壳的。鸭蛋壳有白的和淡青的两种。二要挑形状好看的。别说鸭蛋都是一样的，细看却不同。有的样子蠢，有的秀气。挑好了，装在络子里，挂在大襟的纽扣上。这有什么好看呢？然而它是孩子心爱的饰物。鸭蛋络子挂了多半天，什么时候孩子一高兴，就把络子里的鸭蛋掏出来，吃了。端午的鸭蛋，新腌不久，只有一点淡淡的咸味，白嘴吃也可以。

孩子吃鸭蛋是很小心的。除了敲去空头，不把蛋壳碰破。蛋黄蛋白吃光了，用清水把鸭蛋壳里面洗净，晚上捉了萤火虫来，装在蛋壳里，空头的地方糊一层薄罗。萤火虫在鸭蛋里一闪一闪地亮，好看极了！

小时读囊萤映雪故事，觉得东晋的车胤用练囊盛了几十只萤火虫，照了读书，还不如用鸭蛋壳来装萤火虫。不过用萤火虫照亮来读书，而且一夜读到天亮，这能行么？车胤读的是手写的卷子，字大，若是读现在的新五号字，大概是不行的。

咸菜茨菇①汤

一到下雪天，我们家就喝咸菜汤，不知是什么道理。是因为雪天买不到青菜？那也不见得。除非大雪三日，卖菜的出不了门，否则他们总还会上市卖菜的。这大概只是一种习惯。一早起来，看见飘雪花了，我这就知道：今天中午是咸菜汤！

咸菜是青菜腌的。我们那里过去不种白菜，偶有卖的，叫作"黄芽菜"，是外地运去的，很名贵。一盘黄芽菜炒肉丝，是上等菜。平常吃的，都是青菜，青菜似油菜，但高大得多。入秋，腌菜，这时青菜正肥。把青菜成担地买来，洗净，晾去水气，下缸。

---

① 茨菇，即"慈菇"或"茨菰"，此书尊重作者原文风格，不作改动，全书同。

一层菜，一层盐，码实，即成。随吃随取，可以一直吃到第二年春天。

腌了四五天的新咸菜很好吃，不咸，细、嫩、脆、甜，难可比拟。

咸菜汤是咸菜切碎了煮成的。到了下雪的天气，咸菜已经腌得很咸了，而且已经发酸。咸菜汤的颜色是暗绿的。没有吃惯的人，是不容易引起食欲的。

咸菜汤里有时加了茨菇片，那就是咸菜茨菇汤。或者叫茨菇咸菜汤，都可以。

我小时候对茨菇实在没有好感。这东西有一种苦味。1931年，我们家乡闹大水，各种作物减产，只有茨菇却丰收。那一年我吃了很多茨菇，而且是不去茨菇的嘴子的，真难吃。

我十九岁离乡，辗转漂流，三四十年没有吃到茨菇，并不想。

前好几年，春节后数日，我到沈从文老师家去拜年，他留我吃饭，师母张兆和炒了一盘茨菇肉片。沈先生吃了两片茨菇，说："这个好！格比土豆高。"我承认他这话。吃菜讲究"格"的高低，这种语言正是沈老师的语言。他是对什么事物都讲"格"的，包括对于茨菇、土豆。

因为久违，我对茨菇有了感情。前几年，北京的菜市场在春节前后有卖茨菇的。我见到，必要买一点回来加肉炒了。家里人都不怎么爱吃。所有的茨菇，都由我一个人"包圆儿"了。

北方人不识茨菇。我买茨菇，总要有人问我："这是什么？"——"茨菇。"——"茨菇是什么？"这可不好回答。

北京的茨菇卖得很贵，价钱和"洞子货"（温室所产）的西红柿、野鸡脖韭菜差不多。

我很想喝一碗咸菜茨菇汤。

我想念家乡的雪。

虎头鲨·昂嗤鱼·砗螯·螺蛳·蚬子

苏州人特重塘鳢鱼。上海人也是，一提起塘鳢鱼，眉飞色舞。塘鳢鱼是什么鱼？我向往之久矣。到苏州，曾想尝尝塘鳢鱼，未能如愿。后来我知道：塘鳢鱼就是虎头鲨，嘻！

塘鳢鱼亦称土步鱼。《随园食单》："杭州以土步鱼为上品，而金陵人贱之，目为虎头蛇，可发一笑。"虎头蛇即虎头鲨。这种鱼样子不好看，而且有点凶恶。浑身紫褐色，有细碎黑斑，头大而多骨，鳍如蝶翅。这种鱼在我们那里也是贱鱼，是不能上席的。苏州人做塘鳢鱼有清炒、椒盐多法。我们家乡通常的吃法是氽汤，加醋、胡椒。虎头鲨氽汤，鱼肉极细嫩，松而不散，汤味极鲜，开胃。

昂嗤鱼的样子也很怪，头扁嘴阔，有点像鲇鱼，无鳞，皮色黄，有浅黑色的不规整的大斑。无背鳍。而背上有一根很硬的尖锐的骨刺。用手捏起这根骨刺，它就发出昂嗤昂嗤小小的声音。这声音是怎么发出来的，我一直没弄明白。这种鱼是由这种声音得名的。它的学名是什么，只有去问鱼类学专家了。这种鱼没有很大的，七八寸长的，就算难得的了。这种鱼也很贱，连乡下人也看不起。我的一个亲戚在农村插队，见到昂嗤鱼，买了一些，农民都笑他："买这种鱼干什么！"昂嗤鱼其实是很好吃的。昂嗤鱼通常也是氽汤。虎头鲨是醋汤，昂嗤鱼不加醋，汤白如牛乳，是所谓"奶汤"。昂嗤鱼也极细嫩，鳃边的两块蒜瓣肉有大拇指大，堪称至味。有一年，北京一家鱼店不知从哪里运来一些昂嗤鱼，无人问津。顾客都不识这是啥鱼。有一位卖鱼的老师傅倒知道："这是昂嗤。"我看到，高兴极了，买了十来条。回家一做，满不是那么一回事！昂嗤要吃活的（虎头鲨也是活杀）。长途转运，又在冷库里冰了一些日子，肉质变硬，鲜味全失，一点意思都没有！

砗螯，我的家乡叫馋螯，砗螯是扬州人的叫法，我在大连见到花蛤，我以为就是砗螯，不是。形状很相似，入口全不同。花蛤肉粗而硬，咬不动。砗螯极柔软细嫩。砗螯好像是淡水里产的，但味道却似海鲜。有点像蛎黄，但比蛎黄味道清爽。比青蛤、蚶子味厚。砗螯可清炒，烧豆腐，或与咸肉同煮。砗螯烧乌青菜（江南人叫塌苦菜），风味绝佳。乌青菜如是经霜而现拔的，尤美。我不食砗螯四十五年矣。

砗螯壳稍呈三角形，质坚，白如细瓷，而有各种颜色的弧形花斑，有浅紫的，有暗红的，有赭石，墨蓝的，很好看。家里买了砗螯，挖出砗螯肉，我们就从一堆砗螯壳里去挑选，挑到好的，洗净了留起来玩。砗螯壳的铰合部有两个突出的尖嘴子，把尖嘴子在糙石上磨磨，不一会儿就磨出两个小圆洞，含在嘴里吹，呜呜地响，且有细细颤音，如风吹窗纸。

螺蛳处处有之。我们家乡清明吃螺蛳，谓可以明目。用五香煮熟螺蛳，分给孩子，一人半碗，由他们自己用竹签挑着吃。孩子吃了螺蛳，用小竹弓把螺蛳壳射到屋顶上，喀拉喀拉地响。夏天"检漏"，瓦匠总要扫下好些螺蛳壳。这种小弓不作别的用处，就叫作螺蛳弓，我在小说《戴车匠》里对螺蛳弓有较详细的描写。

蚬子是我所见过的贝类里最小的了，只有一粒瓜子大。蚬子是剥了壳卖的。剥蚬子的人家附近堆了好多蚬子壳，像一个坟头。蚬子炒韭菜，很下饭。这种东西非常便宜，为小户人家的恩物。

有一年修运河堤。按工程规定，有一段堤面应铺碎石，包工的贪污了款子，在堤面铺了一层蚬子壳。前来检收的委员，坐在汽车里，向外一看，白花花的一片，还抽着雪茄烟，连说："很好！很好！"

我的家乡富水产。鱼中之名贵的是鳊鱼、白鱼（尤重翘嘴白）、鲦花鱼（即鳜鱼），谓之"鳊、白、鲦"。虾有青虾、白虾。蟹极肥。以无特点，故不及。

野鸭·鹌鹑·斑鸠·鹨

过去我们那里野鸭子很多。水乡，野鸭子自然多。秋冬之际，天上有时"过"野鸭子，黑乎乎的一大片，在地上可以听到它们鼓翅的声音，呼呼的，好像刮大风。野鸭子是枪打的（野鸭肉里常常有很细的铁砂子，吃时要小心），但打野鸭子的人自己不进城来卖。卖野鸭子有专门的摊子。有时卖鱼的也卖野鸭子，把一个养活鱼的木盆翻过来，野鸭一对一对地摆在盆底，卖野鸭子是不用秤约的，都是一对一对地卖。野鸭子是有一定分量的。依分量大小，有一定的名称，如"对鸭""八鸭"。哪一种有多大分量，我现在已经记不清了。卖野鸭子都是带毛的。卖野鸭子的可以代客当场去毛，拔野鸭毛是不能用开水烫的。野鸭子皮薄，一烫，皮就破了。干拔，卖野鸭子的把一只鸭子放入一个麻袋里，一手提鸭，一手拔毛，一会就拔净了。——放在麻袋里拔，是防止鸭毛飞散。代客拔毛，不另收费，卖野鸭子的只要那一点鸭毛。——野鸭毛是值钱的。

野鸭的吃法通常是切块红烧。清炖大概也可以吧，我没有吃过。野鸭子肉的特点是：细、"酥"，不像家鸭每每肉老。野鸭烧咸菜是我们那里的家常菜。里面的咸菜尤其是佐粥的妙品。

现在我们那里的野鸭子很少了。前几年我回乡一次，偶有，卖得很贵。原因据说是县里对各乡水利作了全面综合治理，过去的水荡子、荒滩少了，野鸭子无处栖息。而且，野鸭子过去是吃收割后遗撒在田里的谷粒的，现在收割得很干净，颗粒归仓，野鸭子没有什么可吃的，不来了。

鹌鹑是网捕的。我们那里吃鹌鹑的人家少，因为这东西只有由乡下的亲戚送来，市面上没有卖的。鹌鹑大都是用五香卤了吃。也有用油炸了的。鹌鹑能斗，但我们那里无斗鹌鹑的风气。

我看见过猎人打斑鸠。我在读初中的时候。午饭后，我到学校后面的野地里去玩。野地里有小河，有野蔷薇，有金黄色的茼蒿花，有苍耳（苍耳子有小钩刺，能挂在衣裤上，我们管它叫"万把钩"），有才抽穗的芦荻。在一片树林里，我发现一个猎人。我们那里猎人很少，我从来没有见过猎人，但是我一看见他，就知道：他是一个猎人。这个猎人给我一个非常猛厉的印象。他穿了一身黑，下面却缠了鲜红的绑腿。他很瘦。他的眼睛黑，而冷。他握着枪。他在干什么？树林上面飞过一只斑鸠。他在追逐这只斑鸠。斑鸠分明已经发现猎人了。它想逃脱。斑鸠飞到北面，在树上落一落，猎人一步一步往北走。斑鸠连忙往南面飞，猎人扬头看了一眼，斑鸠落定了，猎人又一步一步往南走，非常冷静。这是一场无声的，然而非常紧张的、坚持的较量。斑鸠来回飞，猎人来回走。我很奇怪，为什么斑鸠不往树林外面飞。这样几个来回，斑鸠慌了神了，它飞得不稳了，歪歪倒倒的，失去了原来均匀的节奏。忽然，砰，——枪声一响，斑鸠应声而落。猎人走过去，拾起斑鸠，看了看，装在猎袋里。他的眼睛很黑，很冷。

我在小说《异秉》里提到王二的熏烧摊子上，春天，卖一种叫作"鵽"的野味，鵽这种东西我在别处没看见过。"鵽"这个字很多人也不认得。多数字典里不收。《辞海》里倒有这个字，标音为（duo 又读 zhua）。zhua 与我乡读音较近，但我们那里是读入声的，这只有用国际音标才标得出来。即使用国际音标标出，在不知道"短促急收藏"的北方人也是读不出来的。《辞海》"鷑"字条下注云："见鷑鸠"，似以为"鷑"即"鷑鸠"。而在"鷑鸠"条下注云："鸟名。雉属。即'沙鸡'。"这就不对了。沙鸡我是见过的，吃过的。内蒙古、张家口多出沙鸡。《尔雅·释鸟》郭璞注："出北方沙漠地"，不错。北京冬季偶尔也有卖的。沙鸡嘴短而红，腿也短。我们那里的鷑却是水鸟，嘴长，腿也长。鷑的滋味和沙鸡有天渊之别。沙鸡肉较粗，略带酸味；鷑肉极细，非常香。我一辈子没有吃过比鷑更香的野味。

蒌蒿·枸杞·荠菜·马齿苋

小说《大淖记事》"春初水暖，沙洲上冒出很多紫红色的芦芽和灰绿色的蒌蒿，很快就是一片翠绿了"。我在书面下方加了一条注："蒌蒿是生于水边的野草，粗如笔管，有节，生狭长的小叶，初生二寸来高，叫作'蒌蒿薹子'，加肉炒食极清香。……"蒌蒿的蒌字，我小时不知怎么写，后来偶然看了一本什么书，才知道的。这个字音"吕"。我小学有一个同班同学，姓吕，我们就给他起了个外号，叫"蒌蒿薹子"（蒌蒿薹子家开了一爿糖坊，小学毕业后未升学，我们看见他坐在糖坊里当小老板，觉得很滑稽）。但我查了几本字典，"蒌"都音"楼"，我有点恍惚了。"楼""吕"一声之转。许多从"娄"的字都读"吕"，如"屡""缕""褛"……这本来无所谓，读"楼"读"吕"，关系不大。但字典上都说蒌蒿是蒿之一种，即白蒿，我却有点不以为然了。我小说里写的蒌蒿和蒿其实不相干。读苏东坡《惠崇春江晚景》诗："竹外桃花三两枝，春江水暖鸭先知。蒌蒿

122

满地芦芽短，正是河豚欲上时。"此蒌蒿生于水边，与芦芽为伴，分明是我的家乡人所吃的蒌蒿，非白蒿。或者"即白蒿"的蒌蒿别是一种，未可知矣。深望懂诗、懂植物学，也懂吃的博雅君子有以教我。

我的小说注文中所说的"极清香"，很不具体，嗅觉和味觉是很难比方，无法具体的。昔人以为荔枝味似软枣，实在是风马牛不相及。我所谓"清香"，即食时如坐在河边闻到新涨的春水的气味。这是实话，并非故作玄言。

枸杞到处都有。开花后结长圆形的小浆果，即枸杞子。我们叫它"狗奶子"，形状颇像。本地产的枸杞子没有入药的，大概不如宁夏产的好。枸杞是多年生植物。春天，冒出嫩叶，即枸杞头。枸杞头是容易采到的。偶尔也有近城的乡村的女孩子采了，放在竹篮里叫卖："枸杞头来！……"枸杞头可下油盐炒食；或用开水焯了，切碎，加香油、酱油、醋，凉拌了吃。那滋味，也只能说"极清香"。春天吃枸杞头，云可以清火，如北方人吃苣荬菜一样。

"三月三，荠菜花赛牡丹"。俗谓是日以荠菜花置灶上，则蚂蚁不上锅台。

北京也偶有荠菜卖。菜市上卖的是园子里种的，茎白叶大，颜色较野生者浅淡，无香气。农贸市场间有南方的老太太挑了野生的来卖，则又过于细瘦，如一团乱发，制熟后强硬扎嘴。总不如南方野生的有味。

江南人惯用荠菜包春卷，包馄饨，甚佳。我们家乡有用来包春卷的，用来包馄饨的没有，——我们家乡没有"菜肉馄饨"。一般是凉拌。荠菜焯熟剁碎，界首茶干切细丁，入虾米，同拌。这道菜是可以上酒席作凉菜的。酒席上的凉拌荠菜都用手抟成一座尖塔，临吃推倒。

马齿苋现在很少有人吃。古代这是相当重要的菜蔬。苋分人苋、马苋。人苋即今苋菜，马苋即马齿苋。我的祖母每于夏天摘肥嫩的马齿苋晾干，过年时作馅包包子。她是吃长斋的，这种包子只有她一个人吃。我有时从她的盘子里拿一个，蘸了香油吃，挺香。马齿苋有点淡淡的酸味。

马齿苋开花，花瓣如一小囊。我们有时捉了一个哑巴知了，——知了是应该会叫的，捉住一个哑巴，多么扫兴！于是就摘了两个马齿苋的花瓣套住它的眼睛，——马齿苋花瓣套知了眼睛正合适，一撒手，这知了就拼命往高处飞，一直飞到看不见！

三年困难时期，我在张家口沙岭子吃过不少马齿苋。那时候，这是宝物！

载一九八六年第五期《雨花》

果园的收获

　　这是一个地区性的综合的农业科学研究所的供实验研究用的果园，规模不大，但是水果品种颇多。有些品种是外面见不到的。

　　山西、张家口一带把苹果叫果子。不是所有的水果都叫果子，只有苹果叫果子，有个山西梆子唱"红"（即老生）的演员叫丁果仙，山西人称她为"果子红"（她是女的）。山西人非常喜爱果子红，听得过瘾，就大声喊叫"果果"！这真是有点特别，给演员喝彩，不是鼓鼓掌，或是叫一声"好"而是大叫"果果"，我还没有见过。叫"果果"，大概因为丁果仙的嗓音唱法甜、美、浓、脆。

　　这个实验果园一般的苹果都有，有的品种，黄元帅、金皇后、黄魁、红香蕉……这些都比较名贵，但我觉得都有点贵族气，果肉过于细腻，而且过于偏甜。水果品种栽培各论，记录水果的特点，大都说是"酸甜合度"，怎么叫"合度"，很难捉摸。我比较喜欢的是国光、红玉，因为它有点酸头。我更喜欢国光，因果肉脆，一口咬下去，嘎吧一声，而且耐保鲜，因为果皮厚，果汁不易蒸发。秋天收的国光，储存到过春节，从地窖里取出来，还是像新摘的一样。

　　我在果园劳动的时候，"红富士"还没有，后来才引进推广。"红富士"固自佳，现在已经高踞苹果的榜首。

有人警告过我，在太原街上，千万不能说果子红不好。只要说一句，就会招了一大群人围上来和你辩论。碰不得的！

果园品种最多的是葡萄，大概有四十几种。"柔丁香""白香蕉"是名种。"柔丁香"有丁香香味，"白香蕉"味如香蕉，这在市面上买不到，是每年留下来给"首长"送礼的。有些品种听名字就知道是从国外引进的："黑罕""巴勒斯坦""白拿破仑"……有些最初也是外来的（葡萄本都是外来的，但在中国落户已久，曹操就作文赞美过葡萄），日子长了，名字也就汉化了，如"大粒白""马奶子""玫瑰香"，甚至连它们的谱系也难于查考了。葡萄的果粒大小形状各异。"玫瑰香"的果枝长，显得披头散发；有一种葡萄，我忘记了叫什么名字了，果粒小而密集，一粒一粒挤得紧紧的，一穗葡萄像一个白马牙老玉米棒子。葡萄里我最喜欢的还是玫瑰香，确实有一股玫瑰花的香味，一口浓甜。现在市上能买到的"玫瑰香"已退化失真。

葡萄喜肥，喜水。施的肥是大粪。挨着葡萄根，在后面挖一个长槽，把粪倒入进去。一棵大葡萄得倒三四桶，小棵的一桶也够了。"农家肥"之外，还得下人工肥，硫氨。葡萄喝水，像小孩子喝奶一样，使劲地喝。葡萄藤中通有小孔，水可从地面一直吮到藤顶，你简直可以听到它吸水的声音。喝足了水，用小刀划破它一点皮，水就从皮破处沁出滴下。一般果树浇水，都是在树下挖一个"树碗"，浇一两担水就足矣，葡萄则是"漫灌"。这家伙，真能喝水！

有一年，结了一串特大的葡萄，"大粒白"。大粒白本来就结得多，多的可达七八斤。这串大粒白竟有二十四五斤。原来是一个技术员把两穗"靠接"在一起了。这穗葡萄只能作展览用，大粒白果大如乒乓球，但不好吃。为了给这串葡萄增加营养，竟给它注射了葡萄糖！给葡萄注射葡萄糖，这简直是胡闹。这是"大

126

跃进"那年的事。"大跃进"整个是一场胡闹。

葡萄一天一个样，一天一天接近成熟，再给它透透地浇一水，喷一次波尔多液（葡萄要喷多次波尔多液——硫酸铜兑石灰水，为了防治病害），给它喝一口"离娘奶"，备齐果筐、剪子，就可以收葡萄了，葡萄装筐，要压紧。得几个壮汉跳上去压。葡萄不怕压，怕压不紧，怕松。装筐装松了，一晃荡，就会破皮掉粒。水果装筐都是这样。

最怕葡萄收获的时候下雹子。有一年，正在葡萄透熟的时候下了一场很大的雹子，"蛋打一条线"——山西、张家口称雹子为"冷蛋"，齐刷刷地把整园葡萄都打落下来，满地狼藉，不可收拾。干了一年，落得这样的结果，真是叫人伤心。

梨之佳种为"二十世纪明月"，为"日面红"。"二十世纪明月"个儿不大，果皮玉色，果肉细，无渣，多汁，果味如蜜。"日面红"朝日的一面色如胭脂，背阳的一面微绿，入口酥脆。其他大部分是鸭梨。

杏树不甚为人重视，只于地头、"四基"、水边、路边种之。杏怕风。一树杏花开得正热闹，一阵大风，零落殆尽。农科所杏多为黄杏，"香白杏""杏儿——吧嗒"没有。

我一九五八年在果园劳动，距今已经三十八年。前十年曾到农科所看了看，熟人都老了。在渠沿碰到张素花和刘美兰，我们以前是天天在一起劳动的。我叫她们，刘美兰手搭凉篷，眯了眼，问："是不是个老汪？"问刘美兰现在还老跟丈夫打架吗（两口子过去老打），她说："偓（她是柴沟堡人，'我'字念成偓）都当了奶奶了！"

日子过得真快。

一九九六年四月九日

127

辑 三

永恒乡愁

我的家乡

　　法国人安妮·居里安女士听说我要到波士顿，特意退了机票，推迟了行期，希望和我见一面。她翻译过我的几篇小说。我们谈了约一个小时，她问了我一些问题。其中一个是，为什么我的小说里总有水？即使没有写到水，也有水的感觉。这个问题我以前没有意识到过。是这样。这是很自然的。我的家乡是一个水乡，我是在水边长大的，耳目之所接，无非是水。水影响了我的性格，也影响了我的作品的风格。

　　我的家乡高邮在京杭大运河的下面。我小时候常常到运河堤上去玩（我的家乡把运河堤叫做"上河堆"或"上河堨"。"堨"字一般字典上没有，可能是家乡人造出来的字，音淌。"堆"当是"堤"的声转）。我读的小学的西面是一片菜园，穿过菜园就是河堤。我的大姑妈（我们那里对姑妈有个很奇怪的叫法，叫"摆摆"，别处我从未听有此叫法）的家，出门西望，就看见爬上河堤的石级。这段河堤有石级，因此地名"御码头"，康熙或乾隆曾在此泊舟登岸（据说御码头夏天没有蚊子）。运河是一条"悬河"，河底比东堤下的地面高，据说河堤和墙垛子一般高，站在河堤上，可以俯瞰堤下街道房屋。我们几个同学，可以指认哪一处的屋顶是谁家的。城外的孩子放风筝，风筝在我们脚下飘。城里人家养鸽子，鸽子飞起来，我们看到的是鸽子的背。几只野鸭子贴水飞向东，过了河堤，下面的人看见野鸭子飞得高高的。

我们看船。运河里有大船。上水的大船多撑篙。弄船的脱光了上身，使劲把篙子梢头顶上肩窝处，在船侧窄窄的舷板上，从船头一步一步走到船尾。然后拖着篙子走回船头，欻的一声把篙子投进水里，扎到河底，又顶着篙子，一步一步向船尾。如是往复不停。大船上用的船篙甚长而极粗，篙头如饭碗大，有锋利的铁尖。使篙的通常是两个人，船左右舷各一个；有时只一个人，在一边。这条船的水程，实际上是他们用脚一步一步走出来的。这种船多是重载，船帮吃水甚低，几乎要漫到船上来。这些撑篙男人都极精壮，浑身作古铜色。他们是不说话的，大都眉棱很高，眉毛很重。因为长年注视着流动的水，故目光清明坚定。这些大船常有一个舵楼。住着船老板的家眷。船老板娘子大都很年轻，一边扳舵，一边敞开怀奶孩子，态度悠然。舵楼大都伸出一支竹竿，晾晒着衣裤，风吹着啪啪作响。

看打鱼。在运河里打鱼的多用鱼鹰。一般都是两条船，一船八只鱼鹰。有时也会有三只、四只，排成阵势。鱼鹰栖在木架上，精神抖擞，如同临战状态。打鱼人把篙子一挥，这些鱼鹰就劈劈啪啪，纷纷跃进水里。只见它们一个猛子扎下去，眨眼工夫，有的就叼了一条鳜鱼上来——鱼鹰似乎专逮鳜鱼。打鱼人解开鱼鹰脖子上的金属的箍（鱼鹰脖子上都有一道箍，否则它就会把逮到的鱼吞下去），把鳜鱼扔进船里，奖给它一条小鱼，它就高高兴兴，心甘情愿地转身又跳进水里去了。有时两只鱼鹰合力抬起一条大鳜鱼上来，鳜鱼还在挣蹦，打鱼人已经一手捞住了。这条鳜鱼够四斤！这真是一个热闹场面。看打鱼的、鱼鹰都很兴奋激动，倒是打鱼人显得十分冷静，不动声色。

远远地听见嘣嘣嘣嘣的响声，那是在修船、造船。嘣嘣的声音是斧头往船板上敲钉。船体是空的，故声音传得很远。待修的船翻扣过来，底朝上。这只船辛苦了很久，它累了，它正在休息。一只新船造好了，油了桐油，过两天就要下水了。看看崭新的船。叫人心里高兴——生活是充满希望的。船场附近照例有打船钉的铁匠炉，叮叮当当。有碾石粉的碾子，石粉是填船缝用的。有卖牛杂碎的摊子。卖牛杂碎的是山东人。这种摊子上还卖锅盔（一种很厚很大的面饼）。

我们有时到西堤去玩。我们那里的人都叫它西湖，湖很大，一眼望不到边，很奇怪，我竟没有在湖上坐过一次船。湖西是还有一些村镇的。我知道一个地名，菱塘桥，想必是个大镇子。我喜欢菱塘桥这个地名，引起我的向往，但我不知道菱塘桥是什么样子。湖东有的村子，到夏天，就把耕牛送到湖西去歇伏。我所住的东大街上，那几天就不断有成队的水牛在大街上慢慢地走过。牛过后，留下很大的一堆一堆牛屎。听说是湖西凉快，而且湖西有茭草，牛吃了会消除劳乏，恢复健壮。我于是想象湖西是一片碧绿碧绿茭草。

高邮湖中，曾有神珠。沈括《梦溪笔谈》载：

> 嘉祐中，扬州有一珠甚大，天晦多见，初出于天长县陂泽中，后转入甓社湖，又后乃在新开湖中，凡十余年，居民行人常常见之。予友人书斋在湖上，一夜忽见其珠甚近，初微开其房，光自吻中出，如横一金线，俄顷忽张壳，其大如半席，壳中白光如银，珠大如拳，灿烂不可正视，十余里间林木皆有影，如初日所照，远处但见天赤如野火，倏然远去，其行如飞，浮于波中，杳杳如日。古有明月之珠，此珠色不类月，荧荧有芒焰，殆类日光。崔伯易尝为《明珠赋》。伯易高邮人，盖常见之。近岁不复出，不知所往，樊良镇正当珠往来处，行人至此，往往维船数宵以待观。名其亭为

"玩珠"。

这就是"秦邮八景"的第一景"甓社珠光"。沈括是很严肃的学者，所言凿凿，又生动细微，似乎不容怀疑。这是个什么东西呢？是一颗大珠子？嘉祐到现在也才九百多年，已经不可究诘了。高邮湖亦称珠湖，以此。我小时学刻图章，第一块刻的就是"珠湖人"，是一块肉红色的长方形图章。

湖通常是平静的，透明的。这样一片大水，浩浩淼淼（湖上常常没有一只船），让人觉得有些荒凉，有些寂寞，有些神秘。

黄昏了。湖上的蓝天渐渐变成浅黄，橘黄，又渐渐变成紫色，很深很深的紫色。这种紫色使人深深感动。我永远忘不了这样的紫色的长天。

闻到一阵阵炊烟的香味，停泊在御码头一带的船上正在烧饭。

一个女人高亮而悠长的声音：

"二丫头……回来吃晚饭来……"

像我的老师沈从文常爱说的那样，这一切真是一个圣境。

高邮湖也是一个悬湖。湖面，甚至有的地方的湖底，比运河东面的地面都高。

湖是悬湖，河是悬河，我的家乡随处在大水的威胁之中。翻开县志，水灾接连不断。我所经历过的最大的一次水灾，是1931年。

这次水灾是全国性的。事前已经有了很多征兆。连降大雨，西湖水位增高，运河水平了漕，坐在河堤上可以"踢水洗脚"。有许多很"瘆人"的不祥的现象。天王寺前，虾蟆爬在柳树顶上叫。老人们说：虾蟆在多高的地方叫，大水就会涨得多高。我们在家里的天井里躺在竹床上乘凉，忽然泼剌一声，从阴沟里蹦出一条大鱼！运河堤上，龙王庙里香烛昼夜不熄。七公殿也是这样。大风雨的黑夜里，人们说是看见"耿庙神灯"了。耿七公是有这个人的，生前为人治病施药，风雨之夜，他就在家门前高旗杆上挂起一串红灯，在黑暗的湖里打转的船，奋力向红灯划去，就能平安到岸。他死后，红灯还常在浓云密雨中出现，这就是耿庙神灯——"秦邮八景"中的一景。耿七公是渔民和船民的保护神，渔民称之为七公老爷，渔民每年要做会，谓之七公会。神灯是美丽的，但同时也给人一种神秘的恐怖感。阴历七月，西风大作。店铺都预备了高挑灯笼——长竹柄，一头用火烤弯如钩状，上悬一个灯笼，轮流值夜巡堤。告警锣声不绝。本来平静的水变得暴怒了。一个浪头翻上来，会把东堤石工的丈把长的青石掀起来。看来堤是保不住了。终于，我记得是七月十三（可能记错），倒了口子。我们那里把决堤叫做倒口子。西堤四处，东堤六处。湖水涌入运河，运河水直灌堤东。顷刻之间，高邮成为泽国。

我们家住进了竺家巷一个茶馆的楼上（同时搬到茶馆楼上的还有几家），巷口外的东大街成了一条河，"河"里翻滚着箱箱柜柜，死猪死牛。"河"里行了船。会水的船家各处去救人（很多人家爬在屋顶上、树上）。

约一星期后，水退了。

水退了，很多人家的墙壁上留下了水印，高及屋檐。很奇怪，水印怎么擦洗也擦洗不掉。全县粮食几乎颗粒无收。我们这样的人家还不至挨饿，但是没有菜吃。老是吃茨菇汤，很难吃。比茨菇汤还要难吃的是芋头梗子做的汤。日本人爱喝芋梗汤，我觉得真不可理解。大水之后，百物皆一时生长不出，唯有茨菇芋头却是丰收！我在小学的教务处地上发现几个特大的蚂蟥，缩成一团，有拳头大，踩也踩不破！

我小时候，从早到晚，一天没有看见河水的日子，几乎没有。我上小学，倘不走东大街而走后街，是沿河走的。上初中，如果不从城里走，走东门外，则是沿着护城河。出我家所在的巷子南头，是越塘。出巷北，往东不远，就是大淖。我在小说《异秉》中所写的老朱，每天要到大淖去挑水，我就跟着他一起去玩。老朱真是个忠心耿耿的人，我很敬重他。他下水把水桶弄满（他两腿都是筋疙瘩——静脉曲张），我就拣选平薄的瓦片打水漂。我到一沟、二沟、三垛，都是坐船。到我的小说《受戒》所写的庵赵庄去，也是坐船。我第一次离家乡去外地读高中，也是坐船——轮船。

水乡极富水产。鱼之类，乡人所重者为鳊、白、鲦（鲦花鱼即鳜鱼）。虾有青白两种。青虾宜炒虾仁，呛虾（活虾酒醉生吃）则用白虾。小鱼小虾，比青菜便宜，是小户人家佐餐的恩物。小鱼有名"罗汉狗子""猫杀子"者，很好吃。高邮湖蟹甚佳，以作醉蟹，尤美。高邮的大麻鸭是名种。我们那里八月中秋兴吃鸭，馈送节礼必有公母鸭成对。大麻鸭很能生蛋。腌制后即为著名的高邮咸蛋。高邮鸭蛋双黄者甚多。江浙一带人见面问起我的籍贯，答云高邮，多肃然起敬，曰："你们那里出咸鸭蛋。"好像我们那里就只出咸鸭蛋似的！

我的家乡不只出咸鸭蛋。我们还出过秦少游，出过散曲作家王磐，出过经学大师王念孙、王引之父子。

县里的名胜古迹最出名的是文游台。这是秦少游、苏东坡、孙莘老、王定国文酒游会之所。台基在东山（一座土山）上，登台四望，眼界空阔。我小时常凭栏看西面运河的船帆露着半截。在密密的杨柳梢头后面，缓缓移过，觉得非常美。有一座镇国寺塔，是个唐塔，方形。这座塔原在陆上，运河拓宽后，为了保存这座塔，留下塔的周围的土地，成了运河当中的一个小岛。镇国寺我小时还去玩过，是个不大的寺。寺门外有一堵紫色的石制的照壁，这堵照壁向前倾斜，却不倒。照壁上刻着海水，故名水照壁。寺内还有一尊肉身菩萨的坐像，是一个和尚坐化后漆成的。寺不知毁于何时。另外还有一座净土寺塔，明代修建。我们小时候记不住什么镇国寺、净土寺，因其一在西门，名之为西门宝塔；一在东门，便叫它东门宝塔。老百姓都是这么叫的。

全国以邮字为地名的，似只高邮一县。为什么叫做高邮？因为秦始皇曾在高处建邮亭。高邮是秦王子婴的封地，至今还有一条河叫子婴河，旧有子婴庙，今不存。高邮为秦代始建，故又名秦邮。外地人或以为这跟秦少游有什么关系，没有。

一九九一年六月二十日
载一九九一年第十期《作家》

踢毽子

　　我们小时候踢毽子，毽子都是自己做的。选两个小钱（制钱），大小厚薄相等，轻重合适，叠在一起，用布缝实，这便是毽子托。在毽托一面，缝一截鹅毛管，在鹅毛管中插入鸡毛，便是一只毽子。鹅毛管不易得，把鸡毛直接缝在毽托上，把鸡毛根部用线缠缚结实，使之向上直挺，较之插于鹅毛管中者踢起来尤为得劲。鸡毛须是公鸡毛，用母鸡毛做毽子的，必遭人笑话，只有刚学踢毽子的小毛孩子才这么干。鸡毛只能用大尾巴之前那一部分，以够三寸为合格。鸡毛要"活"的，即从活公鸡的身上拔下来的，这样的鸡毛，用手抹煞几下，往墙上一贴，可以粘住不掉。死鸡毛粘不住。后来我明白，大概活鸡毛经抹煞会产生静电。活鸡毛做的毽子毛茎柔软而有弹性，踢起来飘逸潇洒。死鸡毛做的毽子踢起来就发死发僵。鸡毛里讲究要"金绒帚子白绒哨子"，即从五彩大公鸡身上拔下来的，毛的末端乌黑闪金光，下面的绒毛雪白。次一等的是芦花鸡毛。赭石的、土黄的，就更差了。我们那里养公鸡的人家很多，入了冬，快腌风鸡了，这时正是公鸡肥壮，羽毛丰满的时候，孩子们早就"贼"上谁家的鸡了，有时是明着跟人家要，有时乘没人看见，摁住一只大公鸡，噌噌拔了两把毛就跑。大多数孩子的书包里都有一两只足以自豪的毽子。踢毽子是乐事，做毽子也是乐事。一只"金绒帚子白绒哨子"，放在桌上看看，也是挺美的。

我们那里毽子的踢法很复杂，花样很多。有小五套，中五套，大五套。小五套是"扬、拐、尖、托、笃"，是用右脚的不同部位踢的。中五套是"偷、跳、舞、环、踩"，也是用右脚踢，但以左脚作不同的姿势配合。大五套则是同时运用两脚踢，分"对、岔、绕、掼、挞"。小五套技术比较简单，运动量较小，一般是女生踢的。中五套较难，大五套则难度很大，运动量也很大。要准确地描述这些踢法是不可能的。这些踢法的名称也是外地人所无法理解的，连用通用的汉字写出来都困难，如"舞"读如"吴"，"掼"读 kuàn，"笃"和"挞"都读入声。这些名称当初不知是怎么确立的。我走过一些地方，都没有见到毽子有这样多的踢法。也许在我没有到过的地方，毽子还有更多的踢法。我希望能举办一次全国毽子表演，看看中国的毽子到底有多少种踢法。

踢毽子总是要比赛的。可以单个地赛。可以比赛单项，如"扬"踢多少下，到踢不住为止；对手照踢，以踢多少下定胜负。也可以成套比赛，从"扬、拐、尖、托、笃""偷、跳、舞、环、踩"踢到"对、岔、绕、掼、挞"。也可以分组赛。组员由主将临时挑选，踢时一对一，由弱至强，最弱的先踢，最后主将出马，累计总数定胜负。

踢毽子也有名将，有英雄。我有个堂弟曾在县立中学踢毽子比赛中得过冠军。此人从小爱玩，不好好读书，常因国文不及格被一个姓高的老师打手心，后来忽然发奋用功，现在是全国有名的心脏外科专家。他比我小一岁，也已经是抱了孙子的人了，现在大概不会再踢毽子了。我们县有一个姓谢的，能在井栏上转着圈子踢毽子。这可是非常危险的事，重心稍一不稳，就会扑通一声掉进井里！

毽子还有一种大集体的踢法，叫做"嗨（读第一声）卯"。一个人"喂卯"——把毽子扔给嗨卯的，另一个人接到，把毽子使劲向前踢去，叫做"嗨"。嗨得极高，极远。嗨卯只能"扬"，——用右脚里侧踢，别种踢法踢不到这样高，这样远。下面有一大群人，见毽子飞来，就一齐纵起身来抢这只毽子。谁抢着了，就有资格等着接递原嗨卯的去嗨。毽子如被喂卯的抢到，则他就可上去充当嗨卯的，嗨卯的就下来喂卯。一场嗨卯，全班同学出动，喊叫喝彩，热闹非常。课间十分钟，一会儿就过去了。

　　踢毽子是冬天的游戏。刘侗《帝京景物略》云"杨柳死，踢毽子"，大概全国皆然。

　　踢毽子是孩子的事，偶尔见到近二十边上的人还踢，少。北京则有老人踢毽子。有一年，下大雪，大清早，我去逛天坛，在天坛门洞里见到几位老人踢毽子。他们之中最年轻的也有六十多了。他们轮流传递着踢，一个传给一个，这个接过来，踢一两下，传给另一个。"脚法"大都是"扬"，间或也来一下"跳"。我在旁边也看了五分钟，毽子始终没有落到地下。他们大概是"毽友"，经常，也许是每天在一起踢。老人都腿脚利落，身板挺直，面色红润，双眼有光。大雪天，这几位老人是一幅画，一首诗。

一九八八年六月六日
载一九八八年七月十二日《中国体育报》

昆明年俗

铺松毛

昆明春节，很多人家铺松毛——马尾松的针叶。满地碧绿，一室松香。昆明风俗，亦如别处，初一至初五不扫地，——扫地就把财气扫出去了。铺了松毛不唯有过节气氛，也显得干净。

昆明城外，遍地皆植马尾松，松毛易得。

贴唐诗

昆明有些店铺过年不贴春联，贴唐诗。

昆明较小的店铺的门面大都是这样：下半截是砖墙，上半截是一排四至八扇木板，早起开门卸下木板，收市后上上。过年不卸板，板外贴万年红纸，上写唐诗各一首。此风别处未见。初一上街闲逛，沿街读唐诗，亦有趣。

劈甘蔗

春节街头常见人赌赛劈甘蔗。七八个小伙子，凑钱买一堆甘蔗，人备折刀一把，轮流劈。甘蔗立在地上，用刀尖压住甘蔗梢，急擎刀，小刀在空中画一圈，趁甘蔗未倒，一刀劈下。劈到哪里，切断，以上一截即归劈者。有人能一刀从梢劈通到根，围看的人都喝彩。

掷升官图

掷升官图几个人玩都可以。正方的皮纸上印回文的道道，两道之间印各种官职。每人持一铜钱。掷骰子，按骰子点数往里移动铜钱，到地后一看，也许升几级为某官，也可能降几级。升官图当是清代的玩意，因为有"笔贴式"这样的满官。至升为军机处大臣，即为赢家，大家出钱为贺。有的官是没有实权的，只是一种荣誉，如"紫禁城骑马"。我是很高兴掷到"紫禁城骑马"的，虽然只是纸上骑马，也觉得很风光。

嚼葛根

春节卖葛根。置木板上，上蒙湿了水的蓝布。葛根粗如人臂。给毛把钱，卖葛根的就用薄刃快刀横切几片给你。葛根嚼起来有点像生白薯，但无甜味，微苦。本地人说，吃了可以清火。管它清火不清火，这东西我没有尝过（在中药店里倒见过，但是切成棋子块的），得尝尝，何况不贵。

载一九九三年二月十七日《文汇报》

胡同文化

——摄影艺术集《胡同之没》序

北京城像一块大豆腐，四方四正。城里有大街，有胡同，大街、胡同都是正南正北，正东正西。北京人的方位意识极强。过去拉洋车的，逢转弯处都高叫一声"东去！""西去！"以防碰着行人。老两口睡觉，老太太嫌老头子挤着她了，说"你往南边去一点"。这是外地少有的。街道如是斜的，就特别标明是斜街，如烟袋斜街、杨梅竹斜街。大街、胡同，把北京切成一个又一个方块。这种方正不但影响了北京人的生活，也影响北京人的思想。

胡同原是蒙古语，据说原意是水井，未知确否。胡同的取名，有各种来源。有的是计数的，如东单三条、东四十条。有的原是皇家储存物件的地方，如皮库胡同、惜薪司胡同（存放柴炭的地方），有的是这条胡同里曾住过一个有名的人物，如无量大人胡同、石老娘（老娘是接生婆）胡同。大雅宝胡同原名大哑巴胡同，大概胡同里曾住过一个哑巴。王皮胡同是因为有一个姓王的皮匠。王广福胡同原名王寡妇胡同。有的是某种行业集中的地方。手帕胡同大概是卖手帕的。羊肉胡同当初想必是卖羊肉的。有的胡同是像其形状的。高义伯胡同原名狗尾巴胡同。小羊宜宾胡同原名羊尾巴胡同。大概是因为这两条胡同的样子有点像羊尾巴，狗尾巴。有些胡同则不知道何所取义，如大绿纱帽胡同。

胡同有的很宽阔，如东总布胡同、铁狮子胡同。这些胡同两边大都是"宅门"，到现在房屋都还挺整齐。有些胡同很小，如耳朵眼胡同。北京到底有多少胡同？北京人说：有名的胡同三千六；没名的胡同数不清。通常提起"胡同"，多指的是小胡同。

胡同是贯通大街的网络。它距离闹市很近，打个酱油，约二斤鸡蛋什么的，很方便，但又似很远。这里没有车水马龙，总是安安静静的。偶尔有剃头挑子的"唤头"（像一个大镊子，用铁棒从当中擦过，便发出嗡的一声）、磨剪子磨刀的"惊闺"（十几个铁片穿成一片，摇动作声）、算命的盲人（现在早没有了）吹的短笛的声音。这些声音不但不显得喧闹，倒显得胡同里更加安静了。

胡同和四合院是一体。胡同两边是若干四合院连接起来的。胡同、四合院，是北京市民的居住方式，也是北京市民的文化形态。我们通常说北京的市民文化，就是指的胡同文化。胡同文化是北京文化的重要组成部分，即使不是最主要的部分。

胡同文化是一种封闭的文化，住在胡同里的居民大都安土重迁，不大愿意搬家。有在一个胡同里一住住几十年的，甚至有住了几辈子的。胡同里的房屋大都很旧了。"地根儿"房子就不太好，旧房檩、断砖墙。下雨天常是外面大下，屋里小下。一到下大雨，总可以听到房塌的声音，那是胡同里的房子，但是他们舍不得"挪窝儿"，——"破家值万贯"。

四合院是一个盒子。北京人理想的住家是"独门独院"。北京人也很讲究"处街坊"。"远亲不如近邻"，"街坊里道"的，谁家有点事，婚丧嫁娶，都"随"一点"份子"，道个喜或道个恼，不这样就不合"礼数"。但是平常日子，过往不多，除了有的街坊是棋友，"杀"一盘；有的是酒友，到"大酒缸"（过去山西人开的酒铺，都没有桌子，在酒缸上放一块规成圆形的厚板以代酒桌）喝两"个"（大酒缸二两一杯，叫做"一个"）；或是鸟友，不约而同，各晃着鸟笼，到天坛城根、玉渊潭去"会鸟"（会鸟是把鸟笼挂在一处，既可让鸟互相学叫，也互相比赛），此外，"各人自扫门前雪，休管他人瓦上霜"。

北京人易于满足，他们对生活的物质要求不高。有窝头，就知足了。大腌萝卜，就不错。小酱萝卜，那还有什么说的。臭豆腐滴几滴香油，可以待姑奶奶。虾米皮熬白菜，嘿！我认识一个在国子监当过差，伺候过陆润庠、王垿等祭酒的老人，他说："哪儿也比不了北京。北京的熬白菜也比别处好吃，——五味神在北京。"五味神是什么神？我至今考查不出来。但是北京人的大白菜文化却是可以理解的。北京人每个人一辈子吃的大白菜摞起来大概有北海白塔那么高。

北京人爱瞧热闹，但是不爱管闲事。他们总是置身事外，冷眼旁观。北京是民主运动的策源地，"民国"以来，常有学生运动，北京人管学生运动叫做"闹学生"。学生示威游行，叫做"过学生"。与他们无关。

北京胡同文化的精义是"忍"。安分守己，逆来顺受。老舍《茶馆》里的王利发说："我当了一辈子的顺民"，是大部分北京市民的心态。

我的小说《八月骄阳》里写到"文化大革命"，有这样一段对话：

"还有个章法没有？我可是当了一辈子安善良民，从来奉公守法。这会儿，全乱了。我这眼前就跟'下黄土'似的，简直的，分不清东西南北了。"

"您多余操这份儿心。粮店还卖不卖棒子面？"

"卖！"

143

"还是的。有棒子面就行……"

我们楼里有个小伙子，为一点儿事，打了开电梯的小姑娘一个嘴巴，我们都很生气，怎么可以打一个女孩子呢！我跟两个上了岁数的老北京（他们是"搬迁户"，原来是住在胡同里的）说，大家应该主持正义，让小伙子当众向小姑娘认错，这二位同声说："叫他认错？门儿也没有！忍着吧！——'穷忍着，富耐着，睡不着眯着'！""睡不着眯着"这话实在太精彩了！睡不着，别烦躁，别起急，眯着，北京人，真有你的！

北京的胡同在衰败，没落。除了少数"宅门"还在那里挺着，大部分居民的房屋都已经很残破，有的地基基础甚至已经下沉，只有多半截还露在地面上。有些四合院门外还保存已失原形的拴马桩、上马石，记录着失去的荣华。有打不上水来的井眼、磨圆了棱角的石头棋盘，供人凭吊。西风残照，衰草离披，满目荒凉，毫无生气。

看看这些胡同的照片，不禁使人产生怀旧情绪，甚至有些伤感。但是这是无可奈何的事，在商品经济大潮的席卷之下，胡同和胡同文化总有一天会消失的。也许像西安的虾蟆陵，南京的乌衣巷，还会保留一两个名目，使人怅望低徊。

再见吧，胡同。

一九九三年三月十五日

泡茶馆

　　"泡茶馆"是联大学生特有的语言。本地原来似无此说法，本地人只说"坐茶馆"。"泡"是北京话。其含义很难准确地解释清楚。勉强解释，只能说是持续长久地沉浸其中，像泡泡菜似的泡在里面。"泡磨菇""穷泡"，都有长久的意思。北京的学生把北京的"泡"字带到了昆明，和现实生活结合起来，便创造出一个新的语汇。"泡茶馆"，即长时间地在茶馆里坐着。本地的"坐茶馆"也含有时间较长的意思。到茶馆里去，首先是坐，其次才是喝茶（云南叫吃茶）。不过联大的学生在茶馆里坐的时间往往比本地人长，长得多，故谓之"泡"。

　　有一个姓陆的同学，是一怪人，曾经骑自行车旅行半个中国。这人真是一个泡茶馆的冠军。他有一个时期，整天在一家熟识的茶馆里泡着。他的盥洗用具就放在这家茶馆里。一起来就到茶馆里去洗脸刷牙，然后坐下来，泡一碗茶，吃两个烧饼，看书。一直到中午，起身出去吃午饭。吃了饭，又是一碗茶，直到吃晚饭。晚饭后，又是一碗，直到街上灯火阑珊，才挟着一本很厚的书回宿舍睡觉。

　　昆明的茶馆共分几类，我不知道。大别起来，只能分为两类，一类是大茶馆，一类是小茶馆。

　　正义路原先有一家很大的茶馆，楼上楼下，有几十张桌子。

都是荸荠紫漆的八仙桌，很鲜亮。因为在热闹地区，坐客常满，人声嘈杂。所有的柱子上都贴着一张很醒目的字条："莫谈国事"。时常进来一个看相的术士，一手捧一个六寸来高的硬纸片，上书该术士的大名（只能叫做大名，因为往往不带姓，不能叫"姓名"；又不能叫"法名""艺名"，因为他并未出家，也不唱戏），一只手捏着一根纸媒子，在茶桌间绕来绕去，嘴里念说着"送看手相不要钱！""送看手相不要钱"——他手里这根媒子即是看手相时用来指示手纹的。

这种大茶馆有时唱围鼓。围鼓即由演员或票友清唱。我很喜欢"围鼓"这个词。唱围鼓的演员、票友好像不是取报酬的。只是一群有同好的闲人聚拢来唱着玩。但茶馆却可借来招揽顾客，所以茶馆便于闹市张贴告条："某月日围鼓"。到这样的茶馆里来一边听围鼓，一边吃茶，也就叫做"吃围鼓茶"。"围鼓"这个词大概是从四川来的，但昆明的围鼓似多唱滇剧。我在昆明七年，对滇剧始终没有入门。只记得不知什么戏里有一句唱词"孤王头上长青苔"。孤王的头上如何会长青苔呢？这个设想实在是奇，因此一听就永不能忘。

我要说的不是那种"大茶馆"。这类大茶馆我很少涉足，而且有些大茶馆，包括正义路那家兴隆鼎盛的大茶馆，后来大都陆续停闭了。我所说的是联大附近的茶馆。

从西南联大新校舍出来，有两条街，凤翥街和文林街，都不长。这两条街上至少有不下十家茶馆。

从联大新校舍，往东，折向南，进一座砖砌的小牌楼式的街门，便是凤翥街。街夹右手第一家便是一家茶馆。这是一家小茶馆，只有三张茶桌，而且大小不等，形状不一的茶具也是比较粗糙的，随意画了几笔蓝花的盖碗。除了卖茶，檐下挂着大串大串的草鞋和地瓜（即湖南人所谓的凉薯），这也是卖的。张罗茶座的是一个女人。这女人长得很强壮，皮色也颇白净。她生了好些孩子。身边常有两个孩子围着她转，手里还抱着一个孩子。她经常敞着怀，一边奶着那个早该断奶的孩子，一边为客人冲茶。她的丈夫，比她大得多，状如猿猴，而目光锐利如鹰。他什么事情也不管，但是每天下午却捧了一个大碗喝牛奶。这个男人是一头种畜。这情况使我们颇为不解。这个白皙强壮的妇人，只凭一天卖几碗茶，卖一点草鞋、地瓜，怎么能喂饱了这么多张嘴，还能供应一个懒惰的丈夫每天喝牛奶呢？怪事！中国的妇女似乎有一种天授的惊人的耐力，多大的负担也压不垮。

由这家往前走几步，斜对面，曾经开过一家专门招徕大学生的新式茶馆。这家茶馆的桌椅都是新打的，涂了黑漆。堂倌系着白围裙。卖茶用细白瓷壶，不用盖碗（昆明茶馆卖茶一般都用盖碗）。除了青茶，还卖沱茶、香片、龙井。本地茶客从门外过，伸头看看这茶馆的局面，再看看里面坐得满满的大学生，就会挪步另走一家了。这家茶馆没有什么值得一记的事，而且开了不久就关了。联大学生至今还记得这家茶馆是因为隔壁有一家卖花生米的。这家似乎没有男人，站柜卖货是姑嫂两人，都还年轻，成天涂脂抹粉。尤其是那个小姑子，见人走过，辄作媚笑。联大学生叫她花生西施。这西施卖花生米是看人行事的。好看的来买，就给得多。难看的给得少。因此我们每次买花生米都推选一个挺拔英俊的"小生"去。

再往前几步，路东，是一个绍兴人开的茶馆。这位绍兴老板不知怎么会跑到昆明来，又不知为什么在这条小小的凤翥街上来开一爿茶馆。他至今乡音未改。大概他有一种独在异乡为异客的情绪，所以对待从外地来的联大学生异常亲热。他这茶馆里除了卖青茶，还卖一点芙蓉糕、萨其玛、月饼、桃酥，都装在一个玻璃匣子里。我们有时觉得肚子里有点缺空而又不到吃饭的时候，便到他这里一边喝茶一边吃两块点心。有一个善于吹口琴的姓王的同学经常在绍兴人茶馆喝茶。他喝茶，可以欠账。不但喝茶可以欠账，我们有时想看电影而没有钱，就由这位口琴专家出面向绍兴老板借一点。绍兴老板每次都是欣然地打开钱柜，拿出我们需要的数目。我们于是欢欣鼓舞，兴高采烈，迈开大步，直奔南屏电影院。

再往前，走过十来家店铺，便是凤翥街口，路东路西各有一家茶馆。

路东一家较小，很干净，茶桌不多。掌柜的是个瘦瘦的男人，有几个孩子。掌柜的事情多，为客人冲茶续水，大都由一个十三四岁的大儿子担任，我们称他这个儿子为"主任儿子"。街西那家又脏又乱，地面坑洼不平，一地的烟头、火柴棍、瓜子皮。茶桌也是七大八小，摇摇晃晃，但是生意却特别好。从早到晚，人坐得满满的。也许是因为风水好。这家茶馆正在凤翥街和龙翔街交接处，门面一边对着凤翥街，一边对着龙翔街，坐在茶馆，两条街上的热闹都看得见。到这家吃茶的全部是本地人，本街的闲人、赶马的"马锅头"、卖柴的、卖菜的。他们都抽叶子烟。要了茶以后，便从怀里掏出一个烟盒——圆形，皮制的，外面涂着一层黑漆，打开来，揭开覆盖着的菜叶，拿出剪好的金堂叶子，一枝一枝地卷起来。茶馆的墙壁上张贴、涂抹得乱七八糟。但我却于西墙上发现了一首诗，一首真正的诗：

记得旧时好，
跟随爹爹去吃茶。
门前磨螺壳，
巷口弄泥沙。

是用墨笔题写在墙上的。这使我大为惊异了。这是什么人写的呢?

每天下午,有一个盲人到这家茶馆来说唱。他打着扬琴,说唱着。照现在的说法,这应是一种曲艺,但这种曲艺该叫什么名称,我一直没有打听着。我问过"主任儿子",他说是"唱扬琴的",我想不是。他唱的是什么? 我有一次特意站下来听了一会儿,是:

……
良田美地卖了,
高楼大厦拆了,
娇妻美妾跑了,
狐皮袍子当了……

我想了想,哦,这是一首劝戒鸦片的歌,他这唱的是鸦片烟之为害。这是什么时候传下来的呢? 说不定是林则徐时代某一忧国之士的作品。但是这个盲人只管唱他的,茶客们似乎都没有在听,他们仍然在说话,各人想自己的心事。到了天黑,这个盲人背着扬琴,点着马杆,踽踽地走回家去。我常常想:他今天能吃饱么?

进大西门,是文林街,挨着城门口就是一家茶馆。这是一家最无趣味的茶馆。茶馆墙上的镜框里装的是美国电影明星的照片,蓓蒂·黛维丝、奥丽薇·德·哈莱兰、克拉克·盖博、泰伦宝华……除了卖茶,还卖咖啡、可可。这家的特点是:进进出出的除了穿西服和麂皮夹克的比较有钱的男同学外,还有把头发卷成一根一根香肠似的女同学。有时到了星期六,还开舞会。茶馆的门关了,从里面传出《蓝色多瑙河》和《风流寡妇》舞曲,里面正在"嘣嚓嚓"。

和这家斜对着的一家，跟这家截然不同。这家茶馆除卖茶，还卖煎血肠。这种血肠是牦牛肠子灌的，煎起来一街都闻见一种极其强烈的气味，说不清是异香还是奇臭。这种西藏食品，那些把头发卷成香肠一样的女同学是绝对不敢问津的。

由这两家茶馆往东，不远几步，面南便可折向钱局街。街上有一家老式的茶馆，楼上楼下，茶座不少。说这家茶馆是"老式"的，是因为茶馆备有烟筒，可以租用。一段青竹，旁安一个粗如小指半尺长的竹管，一头装一个带爪的莲蓬嘴，这便是"烟筒"。在莲蓬嘴里装了烟丝，点以纸媒，把整个嘴埋在筒口内，尽力猛吸，筒内的水咚咚作响，浓烟便直灌肺腑，顿时觉得浑身通泰。吸烟筒要有点功夫，不会吸的吸不出烟来。茶馆的烟筒比家用的粗得多，高齐桌面，吸完就靠在桌腿边，吸时尤需底气充足。这家茶馆门前，有一个小摊，卖酸角（不知什么树上结的，形状有点像皂荚，极酸，入口使人攒眉）、拐枣（也是树上结的，应该算是果子，状如鸡爪，一疙瘩一疙瘩的，有的地方即叫做鸡脚爪，味道很怪，像红糖，又有点像甘草）和泡梨（糖梨泡在盐水里，梨味本是酸甜的，昆明人却偏于盐水内泡而食之。泡梨仍有梨香，而梨肉极脆嫩）。过了春节则有人于门前卖葛根。葛根是药，我过去只在中药铺见过，切成四方的棋子块儿，是已经经过加工的了，原物是什么样子，我是在昆明才见到的。这种东西可以当零食来吃，我也是在昆明才知道。一截葛根，粗如手臂，横放在一块板上，外包一块湿布。给很少的钱，卖葛根的便操起有点像北京切涮羊肉的肉片用的那种薄刃长刀，切下薄薄的几片给你。雪白的。嚼起来有点像干瘪的生白薯片，而有极重的药味。据说葛根能清火。联大的同学大概很少人吃过葛根。我是什么奇奇怪怪的东西都要买一点尝一尝的。

大学二年级那一年，我和两个外文系的同学经常一早就坐在这家茶馆靠窗的一张桌边，各自看自己的书，有时整整坐一上午，彼此不交语。我这时才开始写作，我的最初几篇小说，即是在这家茶馆里写的。茶馆离翠湖很近，从翠湖吹来的风里，时时带有水浮莲的气味。

回到文林街。文林街中，正对府甬道，后来新开了一家茶馆。这家茶馆的特点一是卖茶用玻璃杯，不用盖碗，也不用壶。不卖青茶，卖绿茶和红茶。红茶色如玫瑰，绿茶苦如猪胆。第二是茶桌较少，且覆有玻璃桌面。在这样的桌子上打桥牌实在是再适合不过了，因此到这家茶馆来喝茶的，大都是来打桥牌的，这茶馆实在是一个桥牌俱乐部。联大打桥牌之风很盛。有一个姓马的同学每天到这里打桥牌。1949年后，我才知道他是老地下党员，昆明学生运动的领导人之一。学生运动搞得那样热火朝天，他每天都只是很闲在，很热衷地在打桥牌，谁也看不出他和学生运动有什么关系。

文林街的东头，有一家茶馆，是一个广东人开的，字号就叫"广发茶社"——昆明的茶馆我记得字号的只有这一家，原因之一，是我后来住在民强巷，离广发很近，经常到这家去。原因之二是——经常聚在这家茶馆里的，有几个助教、研究生和高年级的学生。这些人多多少少有一点玩世不恭。那时联大同学常组织什么学会，我们对这些俨乎其然的学会微存嘲讽之意。有一天，广发的茶友之一说："咱们这也是一个学会，——广发学会!"这本是一句茶余的笑话。不料广发的茶友之一，1949年后，在一次运动中被整得不可开交，胡乱交待问题，说他曾参加过"广发学会"。这就惹下了麻烦。几次有人专程到北京来外调"广发学会"问题。被调查的人心里想笑，又笑不出来，因为来外调的政工人员态度非常严肃。广发茶馆代卖广东点心。所谓广东点心，其实只是包了不同味道的甜馅的小小的酥饼，面上却一律贴了几片香菜叶子，这大概是这一家饼师的特有的手艺。我在别处吃过广东点心，就没有见过面上贴有香菜叶子的——至少不是每一块都贴。

或问：泡茶馆对联大学生有些什么影响？答曰：第一，可以养其浩然之气。联大的学生自然也是贤愚不等，但多数是比较正派的。那是一个污浊而混乱的时代，学生生活又穷困得近乎潦倒，但是很多人却能自许清高，鄙视庸俗，并能保持绿意葱茏的幽默感，用来对付恶浊和穷困，并不颓丧灰心，这跟泡茶馆是有些关系的。第二，茶馆出人才。联大学生上茶馆，并不是穷泡，除了瞎聊，大部分时间都是用来读书的。联大图书馆座位不多，宿舍里没有桌凳，看书多半在茶馆里。联大同学上茶馆很少不挟着一本乃至几本书的。不少人的论文、读书报告，都是在茶馆写的。有一年一位姓石的讲师的哲学概论期终考试，我就是把考卷拿到茶馆里去答好了再交上去的。联大八年，出了很多人才。研究联大校史，搞"人才学"，不能不了解了解联大附近的茶馆。第三，泡茶馆可以接触社会。我对各种各样的人、各种各样的生活都发生兴趣，都想了解了解，跟泡茶馆有一定关系。如果我现在还算一个写小说的人，那么我这个小说家是在昆明的茶馆里泡出来的。

一九八四年五月十三日
载一九八四年第九期《滇池》

辑 四

人间深情

我的父亲

我父亲行三。我的祖母有时叫他的小名"三子"。他是阴历九月初九重阳节那天生的，故名菊生（我父亲那一辈生字排行，大伯父名广生，二伯父名常生），字淡如。他作画时有时也题别号：亚痴、灌园生……他在南京读过旧制中学。所谓旧制中学大概是十年一贯制的学堂。我见过他在学堂时用过的教科书，英文是纳氏文法，代数几何是线装的有光纸印的，还有"修身"什么的。他为什么没有升学，我不知道。"旧制中学生"也算是功名。他的这个"功名"我在我的继母的"铭旌"上见过，写的是扁宋体的泥金字，所以记得。什么是"铭旌"？看《红楼梦》贾府办秦可卿丧事那回就知道，我就不啰唆了。

我父亲年轻时是运动员。他在足球校队踢后卫。他是撑杆跳选手，曾在江苏全省运动会上拿过第一。他又是单杠选手。我还见过他在天王寺外边驻军所设置的单杠上表演过空中大回环两周，这在当时是少见的。他练过武术，腿上戴过铁砂袋。练过拳，练过刀、枪。我见他施展过一次武功，我初中毕业后，他陪我到外地去投考高中，在小轮船上，一个初来的侦缉队以检查为名勒索乘客的钱财。我父亲一掌，把他打得一溜跟头，从船上退过跳板，一屁股坐在码头上。我父亲平常温文尔雅，我还没见过他动手打人，而且，真有两下子！我父亲会骑马。南京马场有一匹劣马，咬人，没人敢碰它，平常都用一截粗竹筒套住它的嘴。我父亲偷偷解开缰绳，一蹁腿骑了上去。一趟马道子跑下来，这马老实了。父亲还会游泳，水性很好。这些，我都不知道他是什么时候学的。

从南京回来后，他玩过一个时期乐器。他到苏州去了一趟，买回来好些乐器，笙箫管笛、琵琶、月琴、拉秦腔的胡胡、扬琴，甚至还有大小唢呐。唢呐我从未见他吹过。这东西吵人，除了吹鼓手、戏班子，一般玩乐器人都不在家里吹。一把大唢呐，一把小唢呐（海笛）一直放在他的画室柜橱的抽屉里。我们孩子们有时翻出来玩。没有哨子，吹不响，只好把铜嘴含在嘴里，自己呜呜作声，不好玩！他的一支洞箫、一支笛子，都是少见的上品。洞箫箫管很细，外皮作殷红色，很有年头了。笛子不是缠丝涂了一节一节黑漆的，是整个笛管擦了荸荠紫漆的，比常见的笛子管粗。箫声幽远，笛声圆润。我这辈子吹过的箫笛无出其右者。这两支箫笛不是从乐器店里买的，是花了大价钱从私人手里买的。他的琵琶是很好的，但是拿去和一个理发店里换了。他拿回理发店的那面琵琶又脏又旧、油里咕叽的。我问他为什么要换了这么一面脏琵琶回来，他说："这面琵琶声音好！"理发店用一面旧琵琶换了他的几乎是全新的琵琶，当然乐意。不论什么乐器，他听听别人演奏，看看指法，就能学会，他弹过一阵古琴，说：都说古琴很难，其实没有什么。我的一个远房舅舅，有一把一个法国神父送他的小提琴，我父亲跟他借回来，鼓揪鼓揪，几天工夫，就能拉出曲子来。据我父亲说：乐器里最难，最要功夫的，是胡琴。别看它只有两根弦，很简单，越是简单的东西越不好弄。他拉的胡琴我拉不了，弓子硬，马尾多，滴的松香很厚，松香拉出一道很窄的深槽，我一拉，马尾就跑到深槽的外面来了。父亲不在家的时候我有时使劲拉一小段，我父亲一看松香就

155

知道我动过他的胡琴了。他后来不大摆弄别的乐器了，只有胡琴是一直拉着的。

摒挡丝竹以后，父亲大部分时间用于画画和刻图章，他画画并无真正的师承，只有几个画友。画友中过从较密的是铁桥，是一个和尚，善因寺的方丈。我写的小说《受戒》里的石桥，就是以他为原型的。铁桥曾在苏州邓尉山一个庙里住过，他作画有时下款题为"邓尉山僧"。我父亲第二次结婚，娶我的第一个继母，新房里就挂了铁桥的一个条幅，泥金纸，上角画了几枝桃花，两只燕子，款题"淡如仁兄嘉礼弟铁桥写贺"。在新房里挂一幅和尚的画，我的父亲可谓全无禁忌；这位和尚和俗人称兄道弟，也真是不拘礼法。我上小学的时候，就觉得他们有点"胡来"。这条画的两边还配了我的一个舅舅写的一副虎皮宣的对子："蝶欲试花犹护粉，莺初学啭尚羞簧"，我后来懂得对联的意思了，觉得实在很不像话！铁桥能画，也能写。他的字写石鼓，画法任伯年。根据我的印象，都是相当有功力的。我父亲和铁桥常来往，画风却没有怎么受他的影响。也画过一阵工笔花卉。我们那里的画家有一种理论，画画要从工笔入手，也许是有道理的。扬州有一位专画菊花的画家，这位画家画菊按朵论价，每朵大洋一元。父亲求他画了一套菊谱，二尺见方的大册页。我有个姑太爷，也是画画的，说："像他那样的玩法，我们玩不起！"兴化有一位画家徐子兼，画猴子，也画工笔花卉。我父亲也请他画了一套册页。有一开画的是罂粟花，薄瓣透明，十分绚丽。一开是月季，题了两行字："春水蜜波为花写照"。"春水""蜜波"是月季的两个品种，我觉得这名字起得很美，一直不忘。我见过父亲画工笔菊花，原来花头的颜色不是一次敷染，要"加"几道。扬州有菊花名种"晓色"，父亲说这种颜色最不好画。"晓色"，很空灵，不好捉摸。他画成了，我一看，是晓色！他后来改了画写意，用笔略似吴昌硕，照我看，我父亲的画是有功力的，但是"见"得少，没有行万里路，多识大家真迹。受了限制。他又不会作诗，题画多用前人陈句，故布局平稳，缺少创意。

父亲刻图章，初宗浙派，清秀规矩。他年轻时刻过一套《陋室铭》印谱，有几方刻得不错，但是过于著意，很拘谨。有"兰带""折钉"，都是"做"出来的。有一方"草色入帘青"是双钩，我小时觉得很好看，稍大，即觉得纤巧小气。《陋室铭》印谱只是他初学刻印的成绩。三十多岁后，渐渐豪放，以治汉印为主。他有一套端方的《匋斋印存》，经常放在案头。有时也刻浙派少印。我记得他给一个朋友张仲陶刻过一块青田涷石小长方印，文曰"中匋"，实在漂亮。"中匋"两字也很好安排。

刻印的人多喜藏石。父亲的石头是相当多的，他最心爱的是三块田黄，我在小说《岁寒三友》中写的靳彝甫的三块田黄，实际上写的是我父亲的三块图章。

他盖章用的印泥是自己做的。用的是"大劈砂"，这是朱砂里最贵重的。大劈砂深紫色的，片状，制成印泥，鲜红夺目。他说见过一些明朝画，纸色已经灰暗，而印色鲜明不变。大劈砂盖的图章可以"隐指"，即用手指摸摸，印文是鼓出的。他的画室的书橱里摆了一列装在玻璃瓶的大劈砂和陈年的蓖麻子油，蓖麻油是调印色用的。

我父亲手很巧，而且总是活得很有兴致。他会做各种玩意。元宵节，他用通草（我们家开药店，可以选出很大片的通草）为瓣，用画牡丹的西洋红（西洋红很贵，齐白石作画，有一个时期，如用西洋红，是要加价的）染出深浅，做成一盏荷花灯，点了蜡烛，比真花还美。他用蝉翼笺染成浅绿，以铁丝为骨，做了一盏纺织娘灯，下安细竹棍。我和姐姐提了，举着这两盏灯上街，到邻居家串门，好多人围着看。清明节前，他糊风筝。有一年糊了一只蜈蚣（我们那里叫"百脚"），是绢糊的，他用药店里称麝香用的小戥子约蜈蚣两边的鸡毛，——鸡毛必须一样重，否则上天就会打滚。他放这只蜈蚣不是用的一般线，是胡琴的老弦。我们那里用老弦放风筝的，家父实为第一人（用老弦放风筝，风筝可以笔直地飞上去，没有"肚子"）。他带了几个孩子在傅公桥麦田里放风筝。这时麦子尚未"起身"，是不怕踩的，越踩越旺。春服既成，惠风和畅，我父亲这个孩子头带着几个孩子，在碧绿的麦垄间奔跑呼叫，为乐如何？我想念我的父亲（我现在还常常梦见他），想念我的童年，虽然我现在是七十二岁，皤然一老了。夏天，他给我们糊养金铃子的盒子。他用钻石刀把玻璃裁成一小块一小块，再合拢，接缝处用皮纸糨糊固定，再加两道细蜡笺条，成了一只船、一座小亭子、一个八角玲珑玻璃球，里面养着金铃子。隔着玻璃，可以看到金铃子在里面爬，吃切成小块的梨，张开翅膀"叫"。秋天，买来拉秧的小西瓜，把瓜瓤掏空，在瓜皮上镂刻出很细致的图案，做成几盏西瓜灯，西瓜灯里点了蜡烛，洒下一片绿光，父亲鼓捣半天，就为让孩子高兴一晚上。我的童年是很美的。

我母亲死后，父亲给她糊了几箱子衣服，单夹皮棉，四时不缺。他不知从哪里搜罗来各种颜色、砑出各种花样的纸。听我的大姑妈说，他糊的皮衣跟真的一样，能分出滩羊、灰鼠。这些衣服我没看见过，但他用剩的色纸，我见过。我们用来折"手工"。有一种纸，银灰色，正像当时时兴的"慕本缎子"。

我父亲为人很随和，没架子。他时常周济穷人，参与一些有关公益的事情。因此在地方上人缘很好。1931年发大水，大街成了河。我每天看见他蹚着齐胸的水出去，手里横执了一根很粗的竹篙，穿一身直罗褂，他出去，主要是办赈济。我在小说《钓鱼的医生》里写王淡人有一次乘了船，在腰里系了铁链，让几个水性很好的船工也在腰里系了铁链，一头拴在王淡人的腰里，冒着生命危险，渡过激流，到一个被大水围困的孤村去为人治病，这写的实际是我父亲的事。不过他不是去为人治病，而是去送"华洋义赈会"发来的面饼（一种很厚的面饼，山东人叫"锅盔"）。这件事写进了地方上人送给我祖父的六十寿序里，我记得很清楚。

父亲后来以为人医眼为职业。眼科是汪家祖传。我的祖父、大伯父都会看眼科。我不知道父亲懂眼科医道。我十九岁离开家乡，离乡之前，我没见过他给人看眼睛。去年回乡，我的妹婿给我看了一册父亲手抄的眼科医书，字很工整，是他年轻时抄的。那么，他在眼科上是下过功夫的。听说他的医术还挺不错。有一邻居的孩子得了眼疾，双眼肿得像桃子，眼球红得像大红缎子。父亲看过，说不要紧。他叫孩子的父亲到阴城（一片乱葬坟场，很大，很野，据说韩世忠在这里打过仗）去捉两个大田螺来。父亲在田螺里倒进两管鹅翎眼药，两撮冰片，把田螺扣在孩子的眼睛上，过了一会田螺壳裂了。据那个孩子说，他睁开眼，看见天是绿的。孩子的眼好了。一生没有再犯过眼病。田螺治眼，我在任何医书上没看见过，也没听说过。这个"孩子"现在还在，已经五十几岁了。是个理发师傅。去年我回家乡，从他的理发店门前经过，那天，他又把我父亲给他治眼的经过，向我的妹婿详细地叙述了一次。这位理发师傅希望我给他的理发店写一块招牌。当时我很忙，没有来得及给他写。我会给他写的。一两天就写了托人带去。

我父亲配制过一次眼药。这个配方现在还在，但是没有人配得起，要几十种贵重的药，包括冰片、麝香、熊胆、珍珠……珍珠要是人戴过的。父亲把祖母帽子上的几颗大珠子要了去。听我的第二个继母说，他制药极其虔诚，三天前就洗了澡（"斋戒沐浴"），一个人住在花园里，把三道门都关了，谁也不让去。

父亲很喜欢我。我母亲死后，他带着我睡。他说我半夜醒来就笑。那时我三岁（实年）。我到江阴去投考南菁中学，是他带着我去的。住在一个市庄的栈房里，臭虫很多。他就点了一支蜡烛，见有臭虫，就用蜡烛油滴在它身上。第二天我醒来，看见席子上好多好多蜡烛油点子。我美美地睡了一夜，父亲一夜未睡。我在昆明时，他还在信封里用玻璃纸包了一小包"虾松"寄给我过。我父亲很会做菜，而且能别出心裁。我的祖父春天忽然想吃螃蟹。这时候哪里去找螃蟹？父亲就用瓜鱼（即水仙鱼），给他伪造了一盘螃蟹，据说吃起来跟真螃蟹一样。"虾松"是河虾剁成米粒大小，掺以小酱瓜丁，入温油炸透。我也吃过别人做的"虾松"，都比不上我父亲的手艺。

我很想念我的父亲，现在还常常做梦梦见他。我的那些梦本和他不相干，我梦里的那些事，他不可能在场，不知道怎么会掺和进来了。

一九九二年五月二十八日
载一九九二年第八期《作家》

我的家

　　十年前我回了一次家乡，一天闲走，去看了看老家的旧址，发现我们那个家原来是不算小的。我家的大门开在科甲巷（不知道为什么这条巷子起了这么个名字，其实这巷里除了我的曾祖父中过一名举人，我的祖父中过拔贡外，没有别的人家有过功名），而在西边的竺家巷有一个后门。我的家即在这两条巷子之间。临街是铺面。从科甲巷口到竺家巷口，计有这么几家店铺：一家豆腐店，一家南货店，一家烧饼店，一家棉席店，一家药店，一家烟店，一家糕店，一家剃头店，一家布店。我们家在这些店铺的后面，占地多少平方米我不知道，但总是不小的，住起来是相当宽敞的。

　　这所老宅子分作东西两截，或两区。东边住着祖父母（我们叫"太爷""太太"）和大房——大伯父一家。西边是二房（我的二伯母）和三房——我父亲的一家。东西地势相差约有三尺，由东边到西边要上几层台阶。

　　正屋的东边的套间住着太爷、太太，西边是大伯父和大伯母（我们叫"大爷""大妈"）。当中是一个堂屋，因为敬神祭祖都在这间堂屋里，所以叫做"正堂屋"。正堂屋北面靠墙是一个很大的"老爷柜"，即神案，但我们那里都叫做"老爷柜"，这东西也确实是一个很长的大柜，当中和两边都有抽屉，下面还有钉了铜环的柜门。老爷柜上，当中供的是家神菩萨，左边是文昌帝君神位，右边是祖宗龛——一个细木雕琢的像小庙一样的东西，里面放着祖宗的牌位——神主。这正堂屋大概是我的曾祖父手里盖的，因为两边板壁上贴着他中秀才、中举人的报条。有年头了。原来大概是相当恢宏的。庭柱很粗，是"布灰布漆"的——木柱外涂瓦灰，裹以夏布，再施黑漆。到我记事时漆灰有多处已经剥落。这间老堂屋的铺地的笋底砖（方砖）的边角都磨圆了，而且特别容易返潮。天将下雨，砖地上就是潮乎乎的。若遇连阴天，地面简直像涂了一层油，滑的。我很小就知道"础润而雨"。用不着看柱础，从正堂屋砖地，就知道天一时半会晴不了。一想到正堂屋，总会想到下雨，有时接连下几天，真是烦人。雨老不停，我的一个堂姐就会剪一个纸人贴在墙上，这纸人一手拿着簸箕，一手拿笤帚，风一吹，就摇动起来，叫"扫晴娘"。也真奇怪，扫晴娘扫了一天，第二天多少会放晴。

这间正堂屋的用处是：过年时敬神，清明祭祖。祭祖时在正中的方桌上放一大碗饭，这碗特别的大，有一个小号洗脸盆那样大，很厚，是白色的古瓷的，除了祭祖装饭外，不作别的用处。饭压得很实，鼓起如坟头，上面插了好多双红漆的筷子。筷子插多少双，是有定数的，这事总是由我的祖母做。另有四样祭菜。有一盘白切肉，一盘方块粉——绿豆粉，切成名片大小，三分厚。这方块粉在祭祖后分给两房。这粉一点味道都没有，实在不好吃，所以我一直记得。其余两样祭菜已无印象。十月朝（旧历十月初一）"烧包子"，即北方的"送寒衣"。一个一个纸口袋，内装纸钱，包上写明各代考妣冥中收用，一袋一袋排在祭桌前，上面铺一层稻草。磕头之后，由大爷点火焚化。每年除夕，要在这方桌上吃一顿团圆饭。我们家吃饭的制度是：一口锅里盛饭，大房、三房都吃同一锅饭，以示并未分家；菜则各房自炒，又似分爨。但大年三十晚上，祖父和两房男丁要同桌吃一顿。菜都是太太手制的。照例有一大碗鸭羹汤。鸭丁、山药丁、茨菇丁合烩。这鸭羹汤很好吃，平常不做，据说是徽州做法。我们的老家是徽州（姓汪的很多人的老家都是徽州），我们家有些菜的做法还保持徽州传统。比如肉丸蘸糯米蒸熟，有些地方叫珍珠丸子或蓑衣丸子，我们家则叫"徽团"。

我对大堂屋有一点特殊的记忆，是我曾在这里当过一回孝子。我的二伯父（二爷）死得早，立嗣时经过一番讨论。按说应该由长房次子，我的堂弟曾炜过继，但我的二伯母（二妈）不同意，她要我，因为她和我的生母感情很好，从小喜欢我。我是次房长子，长子过继，不合古理。后来是定了一个折中方案，曾炜和我都过继给二妈，一个是"派继"，一个是"爱继"。二妈死后，娘家提了一些条件，一是指定要用我的祖父的寿材盛殓。太爷五十岁时就打好了寿材，逐年加漆，漆皮已经很厚了。因为二妈是年轻守节，娘家提出，不能不同意。一是要在正堂屋停灵，也只好同意了（本来上有老人，是不该在正屋停灵的）。我和曾炜于是履行孝子的职责。亲视含殓（围着棺材走一圈），戴孝披麻，一切如制。最有意思的是逢七的时候得陪张牌李牌吃饭。逢七，鬼魂要回来接受烧纸，由两个鬼役送回来。这两个鬼役即张牌李牌。一个较大的方杌凳，两副筷子，一碟白肉，一碟豆腐，两杯淡酒。我和曾炜各用一个小板凳陪着坐一会。陪鬼役吃饭，我还是头一回。六七开吊，我是孝子一直在场，所以能看到全部过程。家里办丧事，气氛和平常全不一样，所有的人都变得庄严肃穆起来。开吊像是演一场戏，大家都演得很认真。"初献""亚献""终献"，有条不紊，节奏井然，最后是"点主"。点主要一个功名高的人。给我的二伯母点主的是一个叫李芳的翰林，外号李三麻子。"点主"是在神主上加点。神主（木制小牌位）事前写好"×孺人之神王"，李三麻子就位后，礼生喝道："凝神，想象，请加墨主。"李三麻子拈起一支新笔在"王"字上加一墨点。礼生再赞："凝神，想象，请加朱主。"李三麻子用朱笔在黑点上加一点。这样死者的魂灵就进入神主了。我对"凝神，想象"印象很深，因为这很有点诗意。其实李三麻子对我的二伯母无从想象，因为他根本没有见过我的二伯母。

正堂屋对面，隔一个天井，是穿堂。

穿堂对面原来有一排三开间的房子，是我的叔曾祖父的一个老姨太太住的。房子很旧了，屋顶上长了很多瓦松，隔扇上糊的白纸都已成了灰色。这位老姨太太多年衰病，总是躺着。这一排房子里听不到一点声音，非常寂静，只有这位老姨太太的女儿——我们叫她小姑奶奶，带着孩子来住一阵，才有一点活气。

老姨太太死了，她没有儿子，由我一个叔祖父过继给她。这位叔祖父行六，我们叫他六太爷。这是个很有风趣的人，很喜欢孩子。老姨太太逢七，六太爷要来守灵烧纸。烧了纸，他弄一壶酒，慢慢喝着，给孩子讲故事——说书，说"大侠甘凤池"，一直说到深夜。因此，我们总是盼着老姨太太逢七。

祖父过六十岁的头年，把东边的房屋改建了一下。正堂屋没动。穿堂加大了。老姨太太原来住的一排房子拆了，盖了一个"敞厅"。房屋翻盖的情况我还记得，先由瓦匠头、木匠头挖出整整齐齐的一方土，供在老爷柜上。破土后，请全体瓦木匠在正堂屋吃一次饭。这顿饭的特别处是有一碗泥鳅，泥鳅我们家是不进门的，但是请瓦木匠必得有这道菜，这是规矩。我觉得这规矩对瓦木匠颇有嘲讽意味。接着是上梁竖柱，放鞭炮，撒糕馒，如式。

敞厅的特点是敞，很宽敞。盖得后，祖父的六十大寿在这里布置过寿堂，宴过客，此外就没有怎么用过，平常总是空着。我的堂姐姐有时把两张方桌拼起来，在上面缝被子。

敞厅对面，一道砖墙之外，是花园。花园原来没有园名，祖父命之曰"民圃"，因为他字铭甫，取其谐音。我父亲选了两块方砖，刻了"民圃"，两个小篆，嵌在一个六角小门的额上。但是我们还是叫它花园，不叫民圃。祖父六十大寿时自撰了一副长联，末署"民圃叟六十自寿"，"民圃"字样也只在长联里出现过，别处没有用过。

西边半截的房屋大概是祖父手里盖的，格局较小，主要房屋只是两个堂屋，上堂屋和下堂屋。

上堂屋两边的套间，东侧是三房，西侧是二房。

我的二伯父早逝，我没有见过。他房间里的板壁上挂着他的八寸放大照片，半侧身，穿着一身古典燕尾服，前身无下摆，雪白的圆角硬领衬衫，一只胳臂夹着一根象牙头的短手杖，完全是年轻的英国绅士派头，很英俊。听我父亲说，二伯父是个性格很刚烈的人。他是新党，但崇拜的不是孙文而是黄兴。有一次历史教员（那时叫做"教习"）在课堂上讲了黄兴几句不恭敬的话，他上去就给了这个教员一个嘴巴。二伯父和我父亲那时都在南京读中学（旧制中学）。他的死也跟他的负气任性的脾气有关。放暑假从南京回来，路过镇江，带着行李，镇江车站的搬运工人敲了他们一下，索价很高。二伯父一生气，把几个人的行李绑在一起，一个人就背了起来。没有走几步，一口血吐在地上，从此不起。

二伯母守节有年，她变得有些古怪。我的小说《珠子灯》里所写的孙小姐的原型，就是我的二伯母。

　　她变得有点古怪了，她屋里的东西都不许人动。王常生活着的时候是什么样子，永远是什么样子，不许挪动一点。王常生用过的手表、座钟、文具，还有他养的一盆雨花石，都放在原来的位置。孙小姐原是个爱洁成癖的人，屋里的桌子、椅子、茶壶茶杯，每天都要用清水洗三遍。自从王常生死后，除了过年之前，她亲自监督着一个从娘家陪嫁过来的女用人大洗一天之外，平常不许擦拭。里屋炕几上有一套茶具：一个白瓷的茶盘，一把茶壶，四个茶杯。茶杯倒扣着，上面落了细细的尘土。茶壶是荸荠形扁圆的，茶壶的鼓肚子下面落不着尘土，茶盘里就清清楚楚留下一个干净的圆印子。

她病了，说不清是什么病。除了逢年过节起来几天，其余的时间都在床上躺着，整天地躺着，除那个女用人，没有人上她屋里去。

有一个人是常上她屋里去的——我。我去了，坐在她床前的机凳上，陪她一会儿。她精神好的时候，教我《长恨歌》《西厢记·长亭》。

　　春风桃李花开日
　　秋雨梧桐叶落时。

　　碧云天，
　　黄花地，
　　西风紧，
　　北雁南飞。
　　晓来谁染霜林醉，
　　都是离人泪。

也有的时候，她也会讲一点轻松一些的文学故事，念苏东坡

166

嘲笑小妹的诗：

> 人前走不上三五步，
> 额头先到画堂前。

这样的时候，她脸上也会有一点笑意。她的记忆很好，教我念诗，都是背出来的。她背诗，抑扬顿挫，节奏很强，富于感情，因此她教过我的诗词，我一直记得很清楚。她的诗词，是邑中一个老名士教的。

她老是叫我坐在她床前吃东西，吃饭，吃点心。吃两口，她就叫我张开嘴让她看看。接着就自言自语："王二娘个猫，王二娘个猫，王二娘个猫。"不知道这是什么意思。她是王二娘，我是她的猫？有时我不在跟前，她一个人在屋里也叨咕："王二娘个猫，王二娘个猫。"

每年夏天，她要回娘家住一阵，归宁那天，且出不了房门哩。跨出来，转身又跨进去，跨出来，又跨进去。轿子等在大门口（她回娘家都是坐轿子），轿前两盏灯笼换了几次蜡烛，她还没跨出房门。

这种精神状态，我们那里叫做"魔"。

下堂屋左边是我父亲的画室，右边是"下房"，女用人住的地方。

下堂屋南，一道花瓦墙外，即是花园，墙上也有一个小六角门。

开开六角门，是一片砖墁的平地。更南，是花厅。花厅是我们这所住宅里最明亮的屋子，南边一溜全是大玻璃窗，听说我父亲年轻时常请一些朋友来，在花厅里喝酒，唱戏，吹弹歌舞，到我记事的时候，就没有看过这种热闹。花厅也总是闲着。放暑假，我们到花厅里来做假期作业。每年做酱的时候，我的祖母在花厅里摊晾煮熟的黄豆和烤过的发面饼，让豆、饼长毛发酵。花厅外的砖地上有一口大缸，装着豆酱，一口浅缸，装着甜面酱。

砖地东面，是一个花台，种着四棵很大的腊梅，主干都有碗口粗，每年开很多花。这种腊梅的花心是紫檀色的。按说"磐石檀心"是腊梅的名种，但是我们那里重白心的，叫做"冰心腊梅"，而将檀心者起一个不好听的名称，叫"狗心腊梅"。下雪之后，上树摘花，是我的事，腊梅的骨朵很密。相中一大枝，折下来，养在大胆瓶里，过年。

腊梅花的对面，是两棵桂花。一棵金桂，一棵银桂。每年秋天，吐蕊开花。桂花树下，长了一片萱草，也没人管它，自己长得很旺盛。萱花未尽开时摘下，阴干，我们那里叫做金针，北方叫做黄花菜。我小时最讨厌黄花菜，觉得淡而无味。到了北方，学做打卤面，才知道缺这玩意还不行。

桂花树后，是南北向的花瓦墙，墙上开一圆门，即北方所说的月亮门。

出圆门，是一畦菜地。我的祖母每年在这里种乌青菜，即上海人所说的塌苦菜。这块菜地土很瘦，乌青菜都不肥大，而茎叶液汁浓厚，旋摘煮食，味道极好，远胜市上买来的，叫做"起水鲜"，经霜后，叶缘皆作紫红色，尤其甜美。

菜畦左侧有一棵紫薇，一房多高，开花时乱红一片，晃人眼睛。游蜂无数——齐白石爱画的那种大个的黑蜂，穿花抢蕊，非常热闹。西侧，有一座六角亭，可以小坐。

菜畦东边有一条砖路。砖路尽处是一棵木瓜，一棵矾杏，一棵柿树，都很少结果。

树之外，是一座船亭。这是祖父六十大寿头年盖的。船头向东，两边墙上各开了海棠形的窗户。祖父盖船亭，是为了"无事此静坐",但是他只来坐过几次,平常不来,经常锁着。隔着正面的玻璃隔扇,可以看到里面铁梨木琴几上摆着几件彝器,几把檀木椅子,萧萧爽爽。

船亭对面,有一棵很大的柳树。挨着柳树,是一个高高的花坛。花坛上原来想是栽了不少花的,但因为无人料理,只剩下一棵石榴,一丛鱼儿牡丹。鱼儿牡丹开一串一串粉红的花,花作鸡心形,像是童话里的植物。

花坛对面,是土山。这座土山不知是哪年堆成的。这些土是从园里挖出的,还是从外面运进来的,均不知道。土山左脚,种了两棵碧桃,一棵白的,一棵浅红的。碧桃花其实是很好看的,花开得很繁茂,花期也长,应该对它珍贵一点,但是大家都不把它当回事,也许因为它花开得太多,也太容易养活了。土山正面,种了四棵香橼,每年都要结很多,香橼就是"橘逾淮南则为枳"的枳,但其实枳和橘是两种植物。香橼秋天成熟。香橼的香气很冲,不大好闻。但香橼花的气味是很好的,苦甜苦甜的。花白色,瓣微厚,五出深裂,如小酒盏,很好看。山顶有两棵龙爪槐,一在东,一在西。西边的一棵是我的读书树。我常常爬上去,在分权的树干上靠好,带一块带筋的干牛肉或一块榨菜,一边慢慢嚼着,一边看小说。土山外隔一道墙是一个尼庵,靠在树上可以看见小尼姑从井里汲水浇菜。这尼庵的尼姑是带发修行的。因此我看的小尼姑是一头黑发。

从土山东边下山,是一片空地。空地上有一口很大的缸,养着很大的金鱼,这是大伯父养的。因此,在我们的印象里这一边是大爷的地方。但是我们并未分家,小孩子是可以自由来去的。

金鱼缸的西北边有一架紫藤。盛花时,紫云拂地。花谢,垂下一根一根长长的刀豆。

鱼缸正北,一棵白丁香,一棵紫丁香。

丁香之左，一片紫鸢。

往南，墙边一丛金雀花。

紫鸢的东边，荒草而已。这片草地每年下面结不少甘露，我们那里叫做螺蛳菜或宝塔菜，甘露洗净后装白布袋，可入甜面酱缸腌渍。

草地之东有一排很大的冬青树。夏天开密密的小白花，也有香味。秋后结了很多紫色的胡椒粒大的果实。

冬青之外，是"草房"，堆草的屋子。我们那里烧草——芦柴，一次要置很多担草，垛积在一排空屋里。

冬青的北面，是花房，房顶南檐是玻璃盖的，原是大爷养花的地方，但他后来不养花了，花房就空着。一壁挂着一个老鹰风筝。据我父亲说这个老鹰是独脑线的——只有一根脑线。老鹰风筝是大爷年轻时放过的。听我父亲说，放上去之后，曾有真的老鹰和它打过架。空空的花房里只有两盆颇大的夹竹桃。夹竹桃红花殷殷的，我忽然觉得有些紧张，因为天忽然黑下来了，只有我一个人，在空空的花园里。

听大人说，这花园里有一个白胡子老头。这白胡子老头是神仙，还是妖怪？但是，晚上是没有人到花园里去的，东边和西边的小六角门都上了铁锁。

我们这座花园实在很难叫做花园，没有精心安排布置过，草木也都是随意种植的，常有一点半自然的状态。但是这确是我童年的乐园，我在这里掏过很多蟋蟀，捉过知了、天牛、蜻蜓，捅过马蜂窝——这马蜂窝结在冬青树上，有蒲扇大！

一九九一年九月十九日

载一九九一年第十二期《作家》

自得其乐

　　孙犁同志说写作是他的最好的休息。是这样，一个人在写作的时候是最充实的时候，也是最快乐的时候。凝眸既久（我在构思一篇作品时，我的孩子能说我在翻白眼），欣然命笔，人在一种甜美的兴奋和平时没有的敏锐之中，这样的时候，真是虽南面王不与易也。写成之后，觉得不错，提刀却立，四顾踌躇，对自己说："你小子还真有两下子！"此乐非局外人所能想象。但是一个人不能从早写到晚，那样就成了一架写作机器，总是岔乎岔乎，找点事情消遣消遣，通常说，得有点业余爱好。

　　我年轻时爱唱戏。起初唱青衣、梅派；后来改唱余派老生。大学三四年级唱了一阵昆曲，吹了一阵笛子。后来到剧团工作，就不再唱戏吹笛子了，因为剧团有许多专业名角，在他们面前吹唱，真成了班门弄斧，还是以藏拙为好。笛子本来还可以吹吹，我的笛风甚好，是"满口笛"，但是后来没法再吹，因为我的牙齿陆续掉光了，撒风漏气。

　　这些年来我的业务爱好，只有：写写字、画画画、做做菜。

　　我的字照说是有些基本功的。当然从描红模子开始。我记得我描的红模子是："暮春三月，江南草长，杂花生树，群莺乱飞。"这十六个字其实是很难写的，也许是写红模子的先生故意用这些结体复杂的字来折磨小孩子，而且红模子底子是欧字，这就更难落笔了。不过这也有好处，可以让孩子略窥笔意，知道字是不可以乱写的。大概在我十一二岁的时候，那个暑假，我的祖父忽然高了兴，要亲自教我《论语》，并日课大字一张，小字二十行。大字写《圭峰碑》、小字写《闲邪公家传》，这两本帖都是祖父从他的藏帖中选出来的。祖父认为我的字有点才分，奖了我一块猪肝紫端砚，是圆的，并且拿了几本初拓的字帖给我，让我常看看。我记得有小字《麻姑仙坛》、虞世南的《夫子庙堂碑》、褚遂良的《圣教序》。小学毕业的暑假，我在三姑父家从一个姓韦的先生读桐城派古文，并跟他学写字。韦先生是写魏碑的，但他让我临的却是《多宝塔》。初一暑假，我父亲拿了一本影印的《张猛龙碑》，说："你最好写写魏碑，这样字才有骨力。"我于是写了相当长时期《张猛龙碑》。用的是我父亲选购来的特殊的纸。这种纸是用稻草做的，纸质较粗，也厚，写魏碑很合适，用笔须沉着，不能浮滑。这种纸一张有二尺高，尺半宽，我每天写满一张。写《张猛龙》使我终身受益，到现在我的字的间架用笔还能看出痕迹。这以后，我没有认真临过帖，平常只是读帖而已。我于二王书未窥门径。写过一个很短时期的《乐毅论》，放下了，因为我很懒。《行穰》《丧乱》等帖我很欣赏，但我知道我写不来那样的字。我觉得王大令的字的确比王右军写得好。读颜真卿的《祭侄文》，觉得这才是真正的颜字，并且对颜书从二王来之说很信服。大学时，喜读宋四家。有人说中国书法一坏于颜真卿、二坏于宋四家，这话有道理。但我觉得宋人字是书法的一次解放，宋人字的特点是少拘束，有个性，我比较喜欢蔡京和米芾的字（苏东坡字太俗，黄山谷字做作）。有人说米字不可多看，多看则终身摆脱不开，想要升入晋唐，就不可能了。一点不错。但是有什么办法呢？打一个不太好听的比方，一写米字，犹如寡妇失了身，无法挽回了。我现在写的字有点《张猛龙》的底子、米字的意思，还加上一点乱七八糟的影响，形成我自己的那么一种体，格韵不高。

我也爱看汉碑。临过一遍《张迁碑》，《石门铭》《西狭颂》看看而已。我不喜欢《曹全碑》。盖汉碑好处全在筋骨开张，意态从容，《曹全碑》则过于整饬了。

我平日写字，多是小条幅，四尺宣纸一裁为四。这样把书桌上书籍信函往边上推推，摊开纸就能写了。正儿八经地拉开案子，铺了画毡，着意写字，好像练了一趟气功，是很累人的。我都是写行书。写真书，太吃力了。偶尔也写对联。曾在大理写了一副对子：

苍山负雪
洱海流云

字大径尺。字少，只能体兼隶篆。那天喝了一点酒，字写得飞扬霸悍，亦是快事。对联字稍多，则可写行书。为武夷山一招待所写过一副对子：

四围山色临窗秀
一夜溪声入梦清

字颇清秀，似明朝人书。

我画画，没有真正的师承。我父亲是个画家，画写意花卉，我小时爱看他画画，看他怎样布局（用指甲或笔杆的一头划几道印子），画花头，定枝梗，布叶，勾筋，收拾，题款，盖印。这样，我对用墨，用水，用色，略有领会。我从小学到初中，都"以画名"。初二的时候，画了一幅墨荷，裱出后挂在成绩展览室里。这大概是我的画第一次上裱。我读的高中重数理化，功课很紧，就不再画画。大学四年，也极少画画。工作之后，更是久废画笔了。当了"右派"，下放到一个农业科学研究所，结束劳动后，倒画了不少画，主要的"作品"是两套植物图谱，一套《中国马铃薯图谱》、一套《口蘑图谱》，一是淡水彩，一是钢笔画。摘了帽子回京，到剧团写剧本，没有人知道我能画两笔。重拈画笔，是"运动"促成的。"运动"中没完没了地写交待，实在是烦人，于是买了一刀元书纸，于写交待之空隙，瞎抹一气，少抒郁闷，这样就一发而不可收，重新拾起旧营生。有的朋友看见，要了去，挂在屋里，被人发现了，于是求画的人渐多。我的画其实没有什么看头，只是因为是作家的画，比较别致而已。

我也是画花卉的。我很喜欢徐青藤、陈白阳，喜欢李复堂，但受他们的影响不大。我的画不中不西，不今不古，真正是"写意"，带有很大的随意性。曾画了一幅紫藤，满纸淋漓，水汽很足，几乎不辨花形。这幅画现在挂在我的家里。我的一个同乡来，问："这画画的是什么？"我说是："骤雨初晴。"他端详了一会，说："哎，经你一说，是有点那个意思！"他还能看出彩墨之间的一些小块空白，是阳光。我常把后期印象派方法融入国画。我觉得中国画本来都是印象派，只是我这样做，更是有意识的而已。

画中国画还有一种乐趣，是可以在画上题诗，可寄一时意兴，抒感慨，也可以发一点牢骚，曾用干笔焦墨在浙江皮纸上画冬日菊花，题诗代简，寄给一个老朋友，诗是：

新沏青茶饭后烟，
自搔短发负晴暄，
枝头残菊开还好，

174

留得秋光过小年。

为宗璞画牡丹，只占纸的一角，题曰：

人间存一角，
聊放侧枝花，
欣然亦自得，
不共赤城霞。

宗璞把这首诗念给冯友兰先生听了，冯先生说："诗中有人。"

今年洛阳春寒，牡丹至期不开。张抗抗在洛阳等了几天，败兴而归，写了一篇散文《牡丹的拒绝》。我给她画了一幅画，红叶绿花，并题一诗：

看朱成碧且由他，
大道从来直似斜，
见说洛阳春索寞，
牡丹拒绝著繁花。

我的画，遣兴而已，只能自己玩玩，送人是不够格的。最近请人刻一闲章："只可自怡悦"，用以押角，是实在话。

体力充沛，材料凑手，做几个菜，是很有意思的。做菜，必须自己去买菜。提一菜筐，逛逛菜市，比空着手遛弯儿要"好白相"。到一个新地方，我不爱逛百货商场，却爱逛菜市，菜市更有生活气息一些。买菜的过程，也是构思的过程。想炒一盘雪里蕻冬笋，菜市场冬笋卖完了，却有新到的荷兰豌豆，只好临时

"改戏"。做菜，也是一种轻量的运动。洗菜，切菜，炒菜，都得站着（没有人坐着炒菜的），这样对成天伏案的人，可以改换一下身体的姿势，是有好处的。

做菜待客，须看对象。聂华苓和保罗·安格尔夫妇到北京来，中国作协不知是哪一位，忽发奇想，在宴请几次后，让我在家里做几个菜招待他们，说是这样别致一点。我给做了几道菜，其中有一道煮干丝。这是淮扬菜。华苓是湖北人，年轻时是吃过的。但在美国不易吃到。她吃得非常惬意，连最后剩的一点汤都端起碗来喝掉了。不是这道菜如何稀罕，我只是有意逗引她的故国乡情耳。台湾女作家陈怡真（我在美国认识她），到北京来，指名要我给她做一回饭。我给她做了几个菜。一个是干烧小萝卜。我知道台湾没有"杨花萝卜"（只有白萝卜）。那几天正是北京小萝卜长得最足最嫩的时候。这个菜连我自己吃了都很惊诧：味道鲜甜如此！我还给她炒了一盘云南的干巴菌。台湾咋会有干巴菌呢？她吃了，还剩下一点，用一个塑料袋包起，说带到宾馆去吃。如果我给云南人炒一盘干巴菌，给扬州人煮一碗干丝，那就成了鲁迅请曹靖华吃柿霜糖了。

做菜要实践。要多吃，多问，多看（看菜谱），多做。一个菜点得试烧几回，才能掌握咸淡火候。冰糖肘子、乳腐肉，何时炣软入味，只有神而明之。但是更重要的是要富于想象。想得到，才能做得出。我曾用家乡拌荠菜法凉拌菠菜。半大菠菜（太老太嫩都不行），入开水锅焯至断生，捞出，去根切碎，入少盐，挤去汁，与香干（北京无香干，以熏干代）细丁、虾米、蒜末、姜末一起，在盘中抟成宝塔状，上桌后淋以麻酱油醋，推倒拌匀。有余姚作家尝后，说是"很像马兰头"。这道菜成了我家待不速之客的应急的保留节目。有一道菜，敢称是我的发明：塞肉回锅油条。油条切段，寸半许长，肉馅剁至成泥，入细葱花、少量榨菜或酱瓜末拌匀，塞入油条段中，入半开油锅重炸。嚼之酥碎，真可声动十里人。

我很欣赏《杨恽报孙会宗书》："田彼南山，芜秽不治。种一顷豆，落而为萁。人生行乐耳，须富贵何时。""人生行乐耳，须富贵何时"，说得何等潇洒。不知道为什么，汉宣帝竟因此把他腰斩了，我一直想不透。这样的话，也不许说么？

载一九九二年第一期《艺术世界》

沈从文先生在西南联大

　　沈先生在联大开过三门课：各体文习作、创作实习和中国小说史。三门课我都选了，——各体文习作是中文系二年级必修课，其余两门是选修。西南联大的课程分必修与选修两种。中文系的语言学概论、文字学概论、文学史（分段）……是必修课，其余大都是任凭学生自选。诗经、楚辞、庄子、昭明文选、唐诗、宋诗、词选、散曲、杂剧与传奇……选什么，选哪位教授的课都成。但要凑够一定的学分（这叫"学分制"）。一学期我只选两门课，那不行。自由，也不能自由到这种地步。

　　创作能不能教？这是一个世界性的争论问题。很多人认为创作不能教。我们当时的系主任罗常培先生就说过：大学是不培养作家的，作家是社会培养的。这话有道理。沈先生自己就没有上过什么大学。他教的学生后来成为作家的，也极少。但是也不是绝对不能教。沈先生的学生现在能算是作家的，也还有那么几个。问题是由什么样的人来教，用什么方法教。现在的大学里是很少开创作课的，原因是找不到合适的人来教。偶尔有大学开这门课的，收效甚微，原因是教得不甚得法。

　　教创作靠"讲"不成。如果在课堂上讲鲁迅先生所讥笑的"小说作法"之类，讲如何作人物肖像，如何描写环境，如何结构，结构有几种——攒珠式的、橘瓣式的……那是要误人子弟的，教创作主要是让学生自己"写"。沈先生把他的课叫做"习作""实习"，很能说明问题。如果要讲，那"讲"要在"写"之后。就学生的作业，讲他的得失。教授先讲一套，让学生照猫画虎，那是行不通的。

沈先生是不赞成命题作文的，学生想写什么就写什么。但有时在课堂上也出两个题目。沈先生出的题目都非常具体。我记得他曾给我的上一班同学出过一个题目："我们的小庭院有什么"，有几个同学就这个题目写了相当不错的散文，都发表了。他给比我低一班的同学曾出过一个题目："记一间屋子里的空气!"我的那一班出过些什么题目，我倒不记得了。沈先生为什么出这样的题目？他认为：先得学会车零件，然后才能学组装。我觉得先做一些这样的片段的习作，是有好处的，这可以锻炼基本功。现在有些青年文学爱好者，往往一上来就写大作品，篇幅很长，而功力不够，原因就在零件车得少了。

沈先生的讲课，可以说是毫无系统。前已说过，他大都是看了学生的作业，就这些作业讲一些问题。他是经过一番思考的，但并不去翻阅很多参考书。沈先生读很多书，但从不引经据典，他总是凭自己的直觉说话，从来不说亚里士多德怎么说、福楼拜怎么说、托尔斯泰怎么说、高尔基怎么说。他的湘西口音很重，声音又低，有些学生听了一堂课，往往觉得不知道听了一些什么。沈先生的讲课是非常谦抑，非常自制的。他不用手势，没有任何舞台道白式的腔调，没有一点哗众取宠的江湖气。他讲得很诚恳，甚至很天真。但是你要是真正听"懂"了他的话，——听"懂"了他的话里并未发挥罄尽的余意，你是会受益匪浅，而且会终生受用的。听沈先生的课，要像孔子的学生听孔子讲话一样："举一隅而三隅反。"

沈先生讲课时所说的话我几乎全都忘了（我这人从来不记笔

记）！我们有一个同学把闻一多先生讲唐诗课的笔记记得极详细，现已整理出版，书名就叫《闻一多论唐诗》，很有学术价值，就是不知道他把闻先生讲唐诗时的"神气"记下来了没有。我如果把沈先生讲课时的精辟见解记下来，也可以成为一本《沈从文论创作》。可惜我不是这样的有心人。

沈先生关于我的习作讲过的话我只记得一点了，是关于人物对话的。我写了一篇小说（内容早已忘记干净），有许多对话。我竭力把对话写得美一点，有诗意，有哲理。沈先生说："你这不是对话，是两个聪明脑壳打架！"从此我知道对话就是人物所说的普普通通的话，要尽量写得朴素。不要哲理，不要诗意。这样才真实。

沈先生经常说的一句话是："要贴到人物来写。"很多同学不懂他的这句话是什么意思。我以为这是小说学的精髓。据我的理解，沈先生这句极其简略的话包含这样几层意思：小说里，人物是主要的，主导的；其余部分都是派生的，次要的。环境描写、作者的主观抒情、议论，都只能附着于人物，不能和人物游离，作者要和人物同呼吸、共哀乐。作者的心要随时紧贴着人物。什么时候作者的心"贴"不住人物，笔下就会浮、泛、飘、滑，花里胡哨，故弄玄虚，失去了诚意。而且，作者的叙述语言要和人物相协调。写农民，叙述语言要接近农民；写市民，叙述语言要近似市民。小说要避免"学生腔"。

我以为沈先生这些话是浸透了淳朴的现实主义精神的。

沈先生教写作，写的比说的多，他常常在学生的作业后面写很长的读后感，有时会比原作还长。这些读后感有时评析本文得失，也有时从这篇习作说开去，谈及有关创作的问题，见解精到，文笔讲究。——一个作家应该不论写什么都写得讲究。这些读后感也都没有保存下来，否则是会比《废邮存底》还有看头的。可惜！

沈先生教创作还有一种方法，我以为是行之有效的，学生写了一个作品，他除了写很长的读后感之外，还会介绍你看一些与你这个作品写法相近似的中外名家的作品。记得我写过一篇不成熟的小说《灯下》，记一个店铺里上灯以后各色人的活动，无主要人物、主要情节，散散漫漫。沈先生就介绍我看了几篇这样的作品，包括他自己写的《腐烂》。学生看看别人是怎样写的，自己是怎样写的，对比借鉴，是会有长进的。这些书都是沈先生找来，带给学生的。因此他每次上课，走进教室里时总要夹着一大摞书。

沈先生就是这样教创作的。我不知道还有没有别的更好的方法教创作。我希望现在的大学里教创作的老师能用沈先生的方法试一试。

学生习作写得较好的，沈先生就作主寄到相熟的报刊上发表。这对学生是很大的鼓励。多年以来，沈先生就干着给别人的作品找地方发表这种事。经他的手介绍出去的稿子，可以说是不计其数了。我在一九四六年前写的作品，几乎全都是沈先生寄出去的。他这辈子为别人寄稿子用去的邮费也是一个相当可观的数目了。为了防止超重太多，节省邮费，他大都把原稿的纸边裁去，只剩下纸芯。这当然不大好看。但是抗战时期，百物昂贵，不能不打这点小算盘。

沈先生教书，但愿学生省点事，不怕自己麻烦。他讲《中国小说史》，有些资料不易找到，他就自己抄，用夺金标毛笔，筷子头大的小行书抄在云南竹纸上。这种竹纸高一尺，长四尺，并不裁断，抄得了，卷成一卷。上课时分发给学生。他上创作课夹了一摞书，上小说史时就夹了好些纸卷。沈先生做事，都是这样，一切自己动手，细心耐烦。他自己说他这种方式是"手工业方式"。他写了那么多作品，后来又写了很多大部头关于文物的著作，都是用这种手工业方式搞出来的。

沈先生对学生的影响，课外比课堂上要大得多。他后来为了躲避日本飞机空袭，全家移住到呈贡桃园新村，每星期上课，进城住两天。文林街二十号联大教职员宿舍有他一间屋子。他一进城，宿舍里几乎从早到晚都有客人。客人多半是同事和学生，客人来，大都是来借书，求字，看沈先生收到的宝贝，谈天。

沈先生有很多书，但他不是"藏书家"，他的书，除了自己看，也是借给人看的，联大文学院的同学，多数手里都有一两本沈先生的书，扉页上用淡墨签上"上官碧"的名字。谁借的什么书，什么时候借的，沈先生是从来不记得的。直到联大"复员"，有些同学的行装里还带着沈先生的书，这些书也就随之而漂流到四面八方了。沈先生书多，而且很杂，除了一般的四部书、中国现代文学、外国文学的译本，社会学、人类学、黑格尔的《小逻辑》、弗洛伊德、亨利·詹姆斯、道教史、陶瓷史、《髹饰录》、《糖霜谱》……兼收并蓄，五花八门。这些书，沈先生大都认真读过。沈先生称自己的学问为"杂知识"。一个作家读书，是应该杂一点的。沈先生读过的书，往往在书后写两行题记。有的是记一个日期，那天天气如何，也有时发一点感慨。有一本书的后面写道："某月某日，见一大胖女人从桥上过，心中十分难过。"这两句话我一直记得，可是一直不知道是什么意思。大胖女人为什么使沈先生十分难过呢？

沈先生对打扑克简直是痛恨。他认为这样地消耗时间，是不可原谅的。他曾随几位作家到井冈山住了几天。这几位作家成天在宾馆里打扑克，沈先生说起来就很气愤："在这种地方打扑克！"沈先生小小年纪就学会掷骰子，各种赌术他也都明白，但他后来不玩这些。沈先生的娱乐，除了看看电影，就是写字。他写章草，笔稍偃侧，起笔不用隶法，收笔稍尖，自成一格。他喜欢写窄长的直幅，纸长四尺，阔只三寸。他写字不择纸笔，常用糊窗的高丽纸。他说："我的字值三分钱！"从前要求他写字的，他几乎有求必应。近年有病，不能握管，沈先生的字变得很珍贵了。

沈先生后来不写小说，搞文物研究了，国外、国内，很多人都觉得很奇怪。熟悉沈先生历史的人，觉得并不奇怪。沈先生年轻时就对文物有极其浓厚的兴趣。他对陶瓷的研究甚深，后来又对丝绸、刺绣、木雕、漆器……都有广博的知识。沈先生研究的文物基本上是手工艺制品。他从这些工艺品看到的是劳动者的创造性。他为这些优美的造型、不可思议的色彩、神奇精巧的技艺发出的惊叹，是对人的惊叹。他热爱的不是物，而是人，他对一件工艺品的孩子气的天真激情，使人感动。我曾戏称他搞的文物研究是"抒情考古学"。他八十岁生日，我曾写过一首诗送给他，其中有一联："玩物从来非丧志，著书老去为抒情"，是记实。他有一阵在昆明收集了很多耿马漆盒。这种黑红两色刮花的圆形缅漆盒，昆明多的是，而且很便宜。沈先生一进城就到处逛地摊，选买这种漆盒。他屋里装甜食点心、装文具邮票……的，都是这种盒子。有一次买得一个直径一尺五寸的大漆盒，一再抚摩，说："这可以作一期《红黑》杂志的封面！"他买到的缅漆盒，除了自用，大多数都送人了。有一回，他不知从哪里弄到很多土家族的挑花布，摆得一屋子，这间宿舍成了一个展览室。来看的人很多，沈先生于是很快乐。这些挑花图案天真稚气而秀雅生动，确实很美。

沈先生不长于讲课，而善于谈天。谈天的范围很广，时局、物价……谈得较多的是风景和人物。他几次谈及玉龙雪山的杜鹃花有多大，某处高山绝顶上有一户人家——就是这样一户！他谈某一位老先生养了二十只猫。谈一位研究东方哲学的先生跑警报时带了一只小皮箱，皮箱里没有金银财宝，装的是一个聪明女人写给他的信。谈徐志摩上课时带了一个很大的烟台苹果，一边吃，一边讲，还说："中国东西并不都比外国的差，烟台苹果就很好！"谈梁思成在一座塔上测绘内部结构，差一点从塔上掉下去。谈林徽因发着高烧，还躺在客厅里和客人谈文艺。他谈得最多的大概是金岳霖。金先生终生未娶，长期独身。他养了一只大斗鸡。这鸡能把脖子伸到桌上来，和金先生一起吃饭。他到处搜罗大石榴、大梨。买到大的，就拿去和同事的孩子的比，比输了，就把大梨、大石榴送给小朋友，他再去买！……沈先生谈及的这些人有共同特点。一是都对工作、对学问热爱到了痴迷的程度；二是为人天真到像一个孩子，对生活充满兴趣，不管在什么环境下永远不消沉沮丧，无机心，少俗虑。这些人的气质也正是沈先生的气质。"闻多素心人，乐与数晨夕"，沈先生谈及熟朋友时总是很有感情的。

文林街文林堂旁边有一条小巷，大概叫作金鸡巷，巷里的小院中有一座小楼。楼上住着联大的同学：王树藏、陈蕴珍（萧珊）、施载宣（萧荻）、刘北汜。当中有个小客厅。这小客厅常有熟同学来喝茶聊天，成了一个小小的沙龙。沈先生常来坐坐。有时还把他的朋友也拉来和大家谈谈。老舍先生从重庆过昆明时，沈先生曾拉他来谈过"小说和戏剧"。金岳霖先生也来过，谈的题目是"小说和哲学"。金先生是搞哲学的，主要是搞逻辑的，但是读很多小说，从普鲁斯特到《江湖奇侠传》。"小说和哲学"这题目是沈先生给他出的。不料金先生讲了半天，结论却是：小说和哲学没有关系。他说《红楼梦》里的哲学也不是哲学。他谈到兴浓处，忽然停下来，说："对不起，我这里有个小动物！"说着把右手从后脖领伸进去，捉出了一只跳蚤，甚为得意。有人问金先生为什么搞逻辑，金先生说："我觉得它很好玩！"

沈先生在生活上极不讲究。他进城没有正经吃过饭，大都是在文林街二十号对面一家小米线铺吃一碗米线。有时加一个西红柿，打一个鸡蛋。有一次我和他上街闲逛，到玉溪街，他在一个米线摊上要了一盘凉鸡，还到附近茶馆里借了一个盖碗，打了一碗酒。他用盖碗盖子喝了一点，其余的都叫我一个人喝了。

沈先生在西南联大是一九三八年到一九四六年。一晃，四十多年了！

一九八六年一月二日上午
载一九八六年第五期《人民文学》